……ってことで、
どうせ
聞いているんでしょ？
トウサン！

ふふ、
いつ呼んでくれるのかと
今や今やと
待っていたよ

初めまして、
娘のお友達かな？
我が輩は悪魔族が一人、
オリアクス。
以後お見知りおきを……
Villan daughter,
was picked up!
Besides, it's cute
so I'll take
good care
of it as a
younger sister
Illustration あかつき聖

それでは貴女たち姉妹と
契約をいたしましょう
ドリュアスによる契約の儀式が開始された。
地面が淡く輝いたかと思うと、
私たちの足元に魔法陣が現れる。

悪役令嬢、拾いました！

しかも可愛いので、妹として大事にしたいと思います

Villan daughter, was picked up! Besides, it's cute so I'll take good care of it as a younger sister

2

玉響なつめ
Illustration あかつき聖

contents

Villan daughter,
was picked up!
Besides, it's cute
so I'll take
good care
of it as a
younger sister ｜2｜

これまでのあらすじ

アルマは、同じジュエル級のフォルカスやディルムッドと協力しつつ、悠々自適な冒険者ライフを送っていた。

ある旅の途中、襲われた馬車を見つけ助けに入ると……そこには「王子に追放された悪役令嬢」がいた。

「悪役令嬢イザベラ」が語る悲話を、アルマは前世の記憶として覚えていて（既視感？）、この世界が「前世で読んだ漫画の世界」だと認識する。驚きつつもその事実を受け止めるアルマ。イザベラの主張におかしな点はなく、むしろ王子の付き人の言動に疑問を持った彼女は、イザベラの立場を守るため、自分の「妹」にする。姉妹としてアルマとの共同生活をはじめ、平民としてのあれこれを学んでいくにつれ、表情が豊かになっていくイザベラ。それに安堵するもつかの間、イザベラを独断で追放した王子（自称王太子）が乗り込んでくる。ひと悶着の結果、王城へ出向くことになったのだが、そこで騒動が……すべてを仕組んだのはイザベラの兄で、しかも彼は悪魔に魂を売ってしまっていたのである。窮地に陥るも、フォルカス、ディルムッドの助太刀もあり、無事悪魔を打ち倒すことに成功。晴れてイザベラの無実を証明した姉妹は、馬車で旅に出るのだった……

character

アルマ

孤児院出身のジュエル級冒険者。実は転生者。
フォルカスにずっと片思いをしていたが告白されて戸惑っている。

イザベラ

公爵令嬢で第一王子の婚約者だったが、一方的な断罪で
追放されたところをアルマに救われる。聖女としても活動していた。

フォルカス

フェザレニア王族出身のジュエル級冒険者。
1巻でアルマを自分の「番」であると告白したが……

ディルムッド

カルライラ辺境伯の養子で、ジュエル級冒険者。
実はカルマイール王の隠し子。

エドウィン

元アレクシオス王子の付き人。
改心して貴族籍を抜け、カルライラ領で兵士となる。

ヴァネッサ

カルライラ辺境伯の長女。
実はディルムッドとは双子。

アレクシオス

カルマイール王国第一王子。イザベラとの婚約を一方的に破棄。
廃嫡は免れたが、子を成したら強制引退の予定。

カルライラ辺境伯

アルマがライリー様と呼んで親しくしている辺境伯。

マルチェロ

イザベラの兄だが、転生者だったため邪心に取りつかれてしまう。
一命はとりとめたが療養院で幽閉の身。

プロローグ

冒険者の生活は、とても気ままだ。

それでも、つい最近までバタバタしていたんだよなあと思うと、意外と日常生活ってスリルに満ちているのだと思う。

例えば？

自分が転生者で、前世の朧気《おぼろげ》な記憶の中にある漫画に出てきた〝悪役令嬢〟に出会って、なんとなく成り行きで一緒にいたら思いの外、可愛くって……つい妹にしちゃったり？

そんでもって、まさか彼女のお兄さんも転生者で妹に懸想するヤバい人になった挙げ句、全部をなかったことにしようと悪魔を呼び出して暴走したりとまあ盛りだくさんなことがつい最近あったんだなあと思うと不思議なもんである。

それと、長年片思いしていた相手と実は両思いだったことが判明したとかさあ……。

いやほんと、盛りだくさん。人生ジェットコースターってまさにこのこと。

私としてはもう少し穏やかでもいいんだけどね……？

「姉様？　どうかなさいました？」

「んーん、今日もいい天気だなあと思って」

「本当に。洗濯日和ですわねえ」

でも、それらを乗り越えて〝悪役令嬢〟だったイザベラは過去の全てと決別して、改めて正式に私の妹となってくれたってわけだ。

姉妹仲は良好で、今日も一緒に過ごしている。羨ましかろう！

といっても、相変わらずのんびりとした馬車旅なんだけどね。

で、そんな慌ただしい日々が少しだけ懐かしく思えるくらい、最近は穏やかな日々だ。

晴れた日には途中の原っぱで料理したり、町に着いたら美味しいもの食べたり、雨の時は無理に移動せずお喋《しゃべ》りに興じたりと……モンスターや盗賊と出会うこともない、本当に穏やかな道のりにこれまでの慌ただしさはなんだったのかなあって思うくらいだ。

まあこれが普通だよね、いくら私が冒険者だからって、毎日がスリルに満ちているわけではないのだよ。むしろそんな人の方が珍しいんだよ。

ただただ自由に、気の向くままに生きるのが一般的な冒険者なんだし、私はそんな冒険者の中でも一握りの人間がなれるジュエル級冒険者なのでそこそこ貯蓄だってあるし、好き勝手にするくらいの余裕はあるのだ。

それなら『お姉ちゃん』として可愛い妹のためにできることは何か？

今まで国から一歩も出たことがないっていうイザベラの興味がありそうなこと、あれこれやってみればいいじゃないってことになるでしょう？

それがまさに、今！

壺みたいな、機械みたいな、そんな物体を前におっかなびっくりのイザベラ。

彼女は今日も初体験を迎えているのだ！

ここにディルムッドがいたら言い方がおっさんくさいって突っ込んできたかもしれないが、心の中なのでセーフだ。セーフ。

……セーフだよね？

「それじゃあ今日はイザベラが魔道具を起動させてみようね！」

「は……はい！　頑張ります!!」

目の前にあるのは、壺でも花瓶でも機械でもない。

魔力に反応する、魔道具なのである！

「こ、こうですか？」

「そうそう。いい感じ」

魔法が使える私たちが何故こんなことをしているのかっていうと、まあ話せば長くなる。

カルマイール王国を出発した私たちはまず機械都市を目指し、無事に到着した。

ちなみに王国を出る際はディルムッドとフォルカスも一緒だったけれど、今は別行動中。

何故かって？　まあ、それについても順を追って説明しよう。

王国のあれこれと決別したイザベラと私は、フォルカスの母国である北方のフェザレニアに向かうことにしたわけですよ。

なんたって、伝説の黒竜帝が本当にいるっていうんだから行くしかないでしょ!!

とはいえ、今すぐ行かなきゃいけないとか切羽詰まったものでもないし、王国から出たことのないイザベラにあちこち見せてあげたい気持ちがおねえちゃんとしてはあったわけです。

それを二人にも相談したらディルムッドは勿論、誘った本人であるフォルカスも理解を示してくれて、なんだったらあそこはどうだここはどうだと提案までしてくれたんだよね。

で、話の流れでここ〝機械都市〟について出てきて、イザベラが興味を示したってわけ。

いやまあ、私も黒竜帝に聞きたいことがあるから、あまりのんびりしてちゃいけないなとは思っている。思っているんだよ？

でもさあ、イザベラが機械都市の魔道具の話題であんなに目をキラキラと輝かせているのを見たら、叶えてあげたくなるじゃない……！

少しくらいいじらせてあげたいじゃない。なんだったら買ってあげるから！

ってなわけで、私たちは機械都市に滞在することにしたのだ。そして今に至る。

ディルムッドはともかく、フォルカスはあまり賑やかなところは落ち着かないそうなので、申し訳ないので精霊村で落ち合おうってことにしたのだ。

とりあえず、イザベラも十分楽しんだ様子だったので、私たちはいくつかの魔道具を買い込んでこうして再び旅に出たのである。

イザベラは慎重派で、実践するよりも知識を……ってこの一ヶ月、町中で学者の元を訪ねたり、本屋を巡ったり、魔道具店を見て回るばっかりだったんだよね。

それはそれで目をキラキラさせて楽しそうだったので、私としては構わないんだけど。

(さすがに一ヶ月近く滞在しちゃったのはまずかったかなあ)

待たせすぎにも程があるって言われるだろうか。そこは反省している。

まあ二人のことだから、イザベラが楽しく過ごしているんだろうって理解を示してくれると思うので、きっと許してくれる……いや、それに甘えてばっかはいられないよね！

後で合流したら、ここはおねえちゃんが反省とお詫びの気持ちを込めて、美味しいものを二人に作りたいと思います。是非作らせていただきます！

で、まあそんなこんなでこうして道中はイザベラの魔力操作の練習も兼ねて、こうして魔道具をいじっているのだ。

とはいえ、教えることなさそうなんだけどね……。

「んんん……どうでしょうか、上手くいったような気がいたします！」

でもイザベラがこう、やりきった感で楽しそうにこっちを見てくるからいっか！

その笑顔に私も笑顔を浮かべて、説明書を眺めながら魔道具を指さした。

「そうそう、上手上手。説明書によるとそのメーターいっぱいまで魔力を注げば、それで一ヶ月くらい保つんだってさ」

「すごいですわねえ、これで寒さ対策は万全かしら？」

今日いじっているのはなんとヒーターみたいなヤツである。

壺みたいな形なので、埋め込み型と違ってどこでも持って行ける優れもの。

馬車だけじゃなく、行軍なんかでもお勧めの最新式携帯型ってお店で言われたよ！

最近、機械都市では埋め込み型より携帯型の方が人気なんだってさ。

なんでも、起動すると蓄積した魔力を内蔵している火の魔石に一定量流し続けることにより安定した温度を長時間、発するものらしい。

説明をたくさんしてもらったんだけど、正直話の半分も理解できていない気がする。

（……これ完成するまで、開発者たちは火傷しまくったんだろうなあ……）

魔力的な流れで見ると、蓄積させる魔力分の労力と使い勝手とが割に合わない気がするんだよねえ。これ、火の魔石に向けて組み上げられている魔法式がどこかずれたら火力がとんでもないことになるんじゃなかろうか？

一応、安全対策がなされているらしいけど、きっとそういう失敗を経て組み込まれたんだろう。

なんとも開発者の苦労が偲《しの》ばれる逸品じゃないか！

まあ、暴走したら暴走したで、私みたいに壊したり直したり、魔法で対応できる人間からしてみると、魔道具ってのは便利なアイテムかつ娯楽……ってところだろうか？

　こうやって作る人がいるから、魔力の弱い人や属性違いの人も使えるってのが魔道具の良いところなんだしね！　買う人間がいるから開発費用だって生まれるのである。

　ちなみに普通に売り物としてこの都市では扱っているけど、値段は一般人向けじゃありませんでしたとだけ言っておくよ！　そこんとこはまだまだ難しいねえ。

　まあ、うちの妹の知的探究心と魔力操作の練習に役立ってくれたので、私からすると十二分に価値があった。うむ。

「フェザレニアは寒いだろうから防寒具や毛布もちゃんと買う予定だけど、馬車の中はコレで結構温かくなるんじゃないかなあ。それにしても魔力操作、かなり上手になったんじゃない？」

「姉様の教えがとてもわかりやすかったからですわ！」

　なにそれ可愛い。超絶可愛い。

　満面の笑みでそんなこと言われたら、こっちまで嬉しくなっちゃうじゃない？

　思わず感情が高ぶりすぎて真顔になった私をよそに、イザベラは何かを懐かしむように顔の前で手を合わせ少し難しい表情をしていた。

「それに……この魔道具に関してはですが、聖女の務めで行っていた、結界の場に祈りを捧げることに似ていたのでなんとなく……コツを摑《つか》みやすかったように思います」

　ああー、うん。

私はイザベラからざっくりと〝聖女が張る結界〟について説明を受けただけなので詳しくは分からないけれど、確かに昔からある結界石に聖属性の力を注ぐって話だったから、似たようなものと言えば似たようなものか。

「それに関しては私としてもハッキリと答えられないけど、国中に結界を張る装置だって考えると……聖属性限定の、古代の魔道具みたいなものって考えられるのかもねえ」

そもそもなんで聖属性だけなのかとか、強めのモンスターが近寄らなくなる理由とか、その辺りは解明されていないっていうか、教会側が決してその結界石のある場所を明かさないし、聖女だった少女たちも口を閉ざしているからわからないままなんだよね。

（まあ、万が一にでも壊されたら困るのは確かだしね）

利権がらみも当然のようにあるのだろうけど、それで恩恵を受けている一般人も大勢いるのだと思えば無理に解明することもないと思う。

ただ、あいにくと聖属性の力は私にはないし、一般的な属性とは違うということしかわからないものなので、本当に似ているのかと聞かれると答えられないのだけれども。

イザベラも『聖女とは』っていう疑問を持っていても同じように考えているから、私に結界石を調べようと言ってきたことはない。

「そうかもしれませんわ。各所にあるということは、おそらく……かつての人々が……」

思いを馳せるように難しい顔をしたイザベラは、そこまで言葉にしてからハッとした様子で私に笑顔を向けて小さく首を左右に振った。

「今のわたくしに関係のない話でしたわ」

私に心配を掛けまいとしてくれるのがわかるので、黙って頭を撫でておいた。

聖女とはなにか、それについてずっと悩んでいるのを知っているんだから、おねえちゃんにあれこれもっと話してくれてもいいのにね。

うちの妹ってば、本当に真面目だなあ。

「ところで、今はどちらに向かってますの？　あの……アルマ姉様のことですから大丈夫とは思いますが、どうにも人の姿が見られない道を進んでいるような……」

「ああ、うん。前にも話したけど、精霊村だよ」

イザベラの不安そうな顔に、私は馬車の手綱を握りながら周りを見回して「ああ」と思わず声を漏らした。

鬱蒼《うっそう》と生い茂る木々に、なんとなくこれは道なのか？　って所を通っているせいで他の旅人の姿なんて人っ子一人も見えないのだから、そりゃ不安にもなるだろう。

「精霊村は特殊なところでね。特別な道を行くんだ」

そうか、精霊村に行くってことは説明したけど、ただそれだけだった。

私としたことがうっかりうっかり。

「精霊村は前にも言ったけど、精霊たちが集まりやすい土地なんだ。人や妖精が混じり合って成り立つところだからとても特殊なの。その分、欲まみれの人もやってきやすいから、彼らはある種の隠蔽《いんぺい》魔法を使っているの」

「ある種の……？」

「うーん、精霊魔法っていうのはね、体系で言えば私たちが使う〝魔法〟とはまた別物だと思った方がいい。私たちは体内にある魔力を術式によって自然界にある魔素と組み合わせ、外に出しているでしょ？　でも、精霊ってのは存在そのものが魔力の塊みたいなもので……」

旅を始めて私は約束通り、イザベラに魔法のあれこれを教えている。

私の独自な考えや手法もあるから他言無用って一応注意はしてあるけれど、イザベラは可愛い妹だからね！　全部伝授しちゃうよ！

イザベラも私の言葉を受けて「お任せくださいまし！」とか言って張り切っているから、あーもう妹がいるって本当に可愛くって楽しいな！

これだよこれ、こういう日々の潤いが一人旅では味わえなかったのよね。

勿論、一人旅ってのはそれはそれで楽しいんだけど、誰かと一緒ってのもまたいいものなのよ。

「あっ、イザベラ、雲羊って知ってる？」

「くもひつじ、ですか？」

「そうそう、すごく可愛いんだよ。しかもそいつの毛がフワッフワで軽くてすっごくあったかいから、イザベラのコートを作ってもらおうね！」

「くもひつじ……？」

私の言葉に想像が出来ないらしく、きょとんとしたイザベラが首を傾げる。

そんな様子が可愛くて思わず笑ってしまったけれど、前の方にボンヤリと明かりが見えた。

それにイザベラも気がついたらしい。

段々と見えてきた色とりどりの明かりにイザベラが視線を向けたまま、ほう……と感嘆のため息を漏らすのを見て、私はやっぱり寄り道って大事だよなあと改めて思うのだった。

第一章　寄り道旅は意外と大事なのです

「綺麗……」

赤、黄色、緑……木々の間から見えるそれらをイザベラがうっとりと見ている。

鮮やかな色の明かりたちは、馬車が進んでも一向に近づく気配がない。イザベラはそれに気がついて、不思議そうに首を傾げてなんとかしてその姿を確認しようと体を揺らしていて、それがあまりにも可愛くって、私は思わず笑ってしまった。

イザベラはそんな私に気がつくと照れくさかったのか、拗《す》ねたような顔を見せる。でも好奇心には勝てなかったのだろう、すぐに明かりの方を指さした。

「姉様、あれはなんですか？」

「あれはね、精霊村へ正しい道を来たって証し。精霊魔法の一種なんだけど……ちゃんとしたルートを通ってきた旅人に、歓迎の証しとして道案内してくれるんだよ」

「まあ……親切なんですのね！」

「まあ、あの明かりに出会えないと最終的には森の入り口までぐるりと一周させられるんだけどね」

「先ほど話してくださった、隠蔽魔法の関係ですか？」

「そう。さっき明かりが見え始めたところがちょうど村への入り口の境目だったんだ」

本当は道が分かれているのだけれど、隠蔽されているから見えない。

迷い込んだだけの人なら、そのまま森の入り口まで戻るだけなのでお互いなんの問題もないっていう親切仕様なのだ。

逆に言えばおかしいと気づいてやたらめったら探索するような連中がいたら、まあ、怪しい人物ってことで対応する人も出てくるかもしれないけどね。

だけど私のように精霊村の場所を知っている、もしくはそこにあると知っていて、ちゃんとした手順を踏んでそちらを目指しているなら歓迎する……住人たちがそう決めて案内を飛ばしてくれているのだ。

一応、秘密の里ってことで厳しめではあるんだけれど……まあ、その割には親切だと思うよ。

最初から人が来られないように細工して自力で来いって突き放しているわけじゃないしね！

基本的にそこで暮らす人たちは穏やかだし、歓迎された人たちなら普通に過ごせるよ。

村の人たちが追い出さなきゃ、精霊たちとだって会えるしさ。視《み》えるかどうかは別として。

(親切っていうか、合理的なだけなのかも？)

だってねえ、一応〝精霊が認めた相手とその同伴者〟がここに来る道を教えてもらう前提で、そこを越えても精霊村に暮らす人々が更にそれを見定めるっていう感じだし。

ちなみに精霊が認めた人が連れて来てくれる場合もあれば、精霊に招かれるっていう例もあるので本当に様々なんだよね。ちなみに私は後者だ！

明かりに目を細めて喜ぶイザベラを微笑ましく思いながら進んでいると、ひらりと赤い色の光がイザベラの前に飛んできた。

思わずだったんだろう、それを手のひらで受け止めたイザベラが目を丸くして私の方を見てくるものだから、本当に可愛くってたまらない。

「姉様、これは……？」

「イザベラのことも歓迎してくれるってさ」

「嬉しい。なんて綺麗なのかしら！」

光っていたのは、一輪の赤い花。

色とりどりに光っていたものの正体は、花や葉に魔力を灯すっていう単純なものだ。

通りがかる者に敵意があるかどうか、木の精霊の力を借りて見定める魔法が入り口付近にかかっており、それを通り抜けると精霊たちが灯してくれるって感じだ。

種明かしするとそんな感じなんだけど、何度見ても綺麗だよね。

見上げれば、ひらりひらりと私たちを歓迎する花がいくつも降ってきて、イザベラが小さな歓声を上げた。

（喜んでくれたなら良かった）

何も機械都市に寄ったのは、イザベラが興味を示したからってだけじゃない。

いや、勿論それも大きな理由ではあるんだけど……。

一ヶ月ほどフォルカスとディルムッドを放置したことはまあ反省しているけど、それを補って余りあるほどの収穫が実はあったのだ。

そう、目的はイザベラの魔法適性について、である。

何故だか知らないが……というかまあ、十中八九、彼女は母国のカルマイール王国で王子妃教育を受けながら『王子の婚約者としても聖女としても常人より優れた人間であるべき』という訳が分からない重圧を受けていたせいで、自分は聖属性以外上手く扱えないのだと思い込んでいたのだ。

少しくらいなら使える……なんて言われたけど、私から見てイザベラの中にある魔力は一般人より少し多いくらいで、使い方さえ覚えればなんとでもなるものだった。

私が見たところ、聖属性はかなり強めで、それ以外に木属性の魔力が同じくらい。

(それについてはイザベラも驚いていたっけ……)

とはいえ、そう旅の途中で説明したのはいいものの、イザベラは理論を理解できてもそれを使いこなせなかったのだ。

聖属性を重視していた国元で、貴族令嬢であり王子の婚約者であったことで、基礎的な魔法の使い方は座学を最低限受けただけだったそうだ。だから、理論の理解はとても早かった。

ただ、聖女として結界を張るくらいしか経験がなかったってのがネックらしい。

私にはわからないけど、イザベラに言わせれば使い方が全く違うんだとか……難儀だなあ。

まあ、今まで聖女としての役割上、聖属性を使っていたんだからしょうがないことだろう。

木属性を使う機会なんて、そうなかっただろうしね！

ご令嬢が魔法使う必要性ないもんね……護衛もいるし、飢饉でもなきゃ慈善事業でも使いどころ思いつかないし。それだって土属性の人と上手いこと協力しないといけないし。そんな前提だとそれこそ手練《てだ》れってレベルまで魔法を使いこなせないとねえ。後は何ができるかな。

それこそヴァネッサ様みたいに前線に出るなら役に立つかも？

（……いや、あれは例外だな？）

ふと遠方にいる友人の姿を思い浮かべてみたけど熊を片手で持ち上げている姿しか想像できなかった。ごめん、ヴァネッサ様！

ちなみにイザベラから聞いた話だと、魔力のあるなしは多少なりとも婚姻を結ぶにあたり影響するらしいけど……使わないのに魔力はないよりあった方がいいって、お貴族様の理論はよくわからないね！

「あ、ほら。村の入り口が見えたよ」

「まあ……なんだか幻想的ですわね」

そんなことを考えていると、木造のアーチが私たちの目の前に見えてきた。

それを指させば、木々の明かりに照らされたそれがイザベラにはおとぎ話の一幕にでも見えたのだろう、やけに楽しそうな声が返ってきた。

でも確かにモヤがかかっているように見えるから、明かりもどことなくボンヤリとしていて幻想的と言われれば確かにそうかもしれない。

……今まで一度もそんなこと思ったことがないので、これが女子力の違いか……って少しだけ悲しくなったのは内緒である。

「この村では基本的に全て魔法を使って生活しているんだよ。精霊とか妖精族とかもいるからさ。それに土地柄的に魔力が濃いからそれが霧みたいになっているんだ。……人によってはその強い魔力にあてられて気分が悪くなるみたいだけど、イザベラは大丈夫？」

「今のところはなんとも……」

私はイザベラの返答にホッと息を吐き出した。

ここまできて気持ち悪いって言われたら可哀想だもんね！

まだまだここでも見せてあげたいものもあるからさあ、雲羊とか。あれを抱っこしたイザベラは絶対可愛い。もう想像しただけで可愛いんだから！

「姉様、入り口に人の姿が……！」

「お、出迎えかな？　人が来ることはもう探知魔法で気づいているはずだからさ、ああやって誰かが出迎えてくれるんだ」

「そうなのですね……わたくし、身嗜《みだしな》みは大丈夫でしょうか」

「大丈夫、イザベラは今日も世界一可愛いよ！」

「もう、姉様ったら！」

どうにも貴族令嬢時代、褒められた記憶があんまりにもなさすぎて今でも毎回私の言葉に照れちゃうイザベラ、尊くない？　やばくない？

こんな可愛い妹を愛《め》でないとかありえないわー、イザベラの頭を撫でる手が止まらない！

とはいえ、ちゃんと手綱は握ってますよ！

馬の方も大変賢い子なので、村の入り口で止まってくれた。

「遠路はるばるようこそ。何もないところだけれど、歓迎するわ」

出迎えてくれたのは、一人のおばあちゃんだ。

だけど、イザベラはそのおばあちゃんの姿に目を丸くしている。

それが可愛くて笑ってしまいそうになるのを我慢して、私は馬車を降りて出迎えてくれたおばあちゃんと握手した。

「お久しぶりです、マァオさん！」

「ようこそ、アルマさん。お連れの方は初めてお会いするわね？　よろしくね」

そう、何故イザベラが驚いて戸惑っているのか。

それはこのおばあちゃんが、人間サイズの猫そのままだったりするからだ。

精霊村には多くの世間で言うところの〝不思議な〟人が暮らしている。

妖精だったり、妖精と人の混血だったり、精霊の取り替え子と呼ばれる特殊な人だったり……そりゃもう何でもござれってところだろうか。

竜と人が交わって生まれる竜人、フォルカスみたいな存在や獣人と呼ばれる獣の姿を持った亜人族も多々いる。一部だけ獣だったり、全身それっぽい感じだったりね！

しかしカルマイール王国……つまり私とイザベラにとって母国にあたるあの国は『人間至上主義』を掲げていて、亜人族に対してあまりいい対応はしていなかった。

表立って明言しているわけじゃないんだけど、こう、態度があからさま……みたいな？

確か、国交もないとかそんなレベルではなかったかしら？

まあ、それはともかく。

このマァオさんは、そんなわけでこの辺りでも珍しい獣人なのだ。それも、猫の。

ふわふわとした紫色の毛、まあるい帽子から出ているピンとした耳、揺れるおひげにスカートから伸びる尻尾。

カルマイール王国では『ケモノが自立して服を着ている』と笑いものにしていたけれど、なかなかどうして私からすると大変可愛らしいと思うのだ。

ちなみに熊の獣人とか、私からすると巨大でかっこいい。力だって強いんだぞう！

ただ獅子の獣人はたてがみがなかなか……くすぐったいんだよね、あれ……。

「長老、こっちは私の妹でイザベラです。イザベラ、この村の長老さんで獣人族のマァオさんだよ、とても物知りなんだ」

「イ、イザベラと申します。初めてお目にかかります！」

私の声にハッとした様子でイザベラが慌てて御者台から降りてちょこんとお辞儀《カーテシー》をする。

その様子にマァオさんは微笑ましそうに笑ってお辞儀を返してくれた。

笑うとマァオさんの喉からゴロゴロ音が聞こえて、イザベラが目をぱちくりさせて、こう……可愛いものを愛でたくてたまらないっていうのを必死に堪えているのがまた可愛い。

「これはご丁寧にどうも、ご紹介にあずかりましたマァオと申します。あら、まあ、可愛らしい妹さんねえ。前にアルマさんがこちらを訪れた時にはそんな話をついぞ聞いたことがなかったと思うのだけれど……」

「色々縁がありまして、つい最近イザベラと姉妹になったんですよ」

「まあ、まあ！　それは良い縁に恵まれたのねえ」

ニコニコ笑ってそう言ってくれるマァオさんに、私とイザベラは顔を見合わせて笑う。

姉妹になったんだよってどこに行っても堂々と言えるのは、とてもくすぐったい。

でも、それが嬉しいとイザベラが言ってくれるから、私もとても嬉しいのだ。

「お二人のことは精霊たちも歓迎しているの。さっきも言ったけれどこの村には何もないけれど、穏やかな時間をお約束するから寛《くつろ》いでいってちょうだいね」

イザベラはマァオさんの揺れる尻尾に釘付けだ。

まあ失礼にならない程度に盗み見てるって感じではあるけど、いけない、笑っちゃいそう……なんだこの可愛い子。私の妹だった。

「それで、今日の宿はどうするおつもりかしら？」

「できれば、またマァオさんのお宅で部屋をお借りできたらなと……」

「ええ、ええ、喜んで！　嬉しいわねえ、久方ぶりの客人だもの。また外のお話を聞かせてくださるかしら、お時間のある時で構わないから」

「はい」

精霊村は基本的に開かれた村ではないので、宿屋がない。

各自で住人の家に泊めてもらうのが普通だ。

私の場合は何でか知らないけど、マァオさんに気に入ってもらえているらしく、こうして出迎えてもらえたり、部屋を貸してもらえたりするんだけど……イザベラも気に入られたようで何よりだ。

っていうかまあ、こんな可愛い子を気に入らないなんてあるはずないんですけどね！

「あっ、そうだ！」

イザベラのことで内心鼻が高くなっていた私は、大事なことを思い出して慌てて前を歩くマァオさんの背中に声をかけた。

「マァオさん、フォルカスとディルムッドどうしてます？　先に来ているはずなんですけど」

「ああ、あのお二人なら雲羊の谷へ一足先に行きましたよ。なんでもヴァンデールさんのお使いが

「ああー……」

「お仕事を終えたらこちらに戻ってくるって言っていたけれど」

なるほど、それなら納得だ。

思わず唸《うな》ってしまった私の様子に、イザベラがきょとんとしている。

「いやね、ヴァンデールさんってのは雲羊を飼っている人なんだ。羊たちの毛が一番良い状態になるのがこの時期なんだけど、ちょうどこの森周辺に現れる、吸血蜘蛛《ヴァンパイア・スパイダー》の繁殖時期でもあってさあ……雲羊の毛を報酬に、駆除依頼がくるわけ」

「く、蜘蛛ですか……!?」

「そう。そんでもって腕利き冒険者のあいつらが忙しいって言ってんだから、その……もうちょっと、そうだね、精霊村で大人しく戻ってくるのを待とう！　ねっ、そうしよう!!」

思わず力を込めて私がそう言うと、イザベラは目をぱちくりさせてからふわっと笑った。

あっ、可愛い。

「もしかして、姉様ったら蜘蛛が苦手なんですの？　……いえ、わたくしも決して得意ではありませんし、むしろ苦手ですので、お気持ちはよぉくわかりますわ」

「イザベラ……!!」

思わぬところで通じ合ったもんだから、感激してしまった。

やはりイザベラは私の妹になる運命だった……!?

そんな私たちの様子を見ていたマァオさんが、楽しそうに目を細める。

「あらあら、二人は本当に仲が良いのねえ。なら、一緒のお部屋がいいかしら？」

「うん、一緒の部屋で」

「はい！　お願いいたします、マァオ様」

これまた息ぴったりに同時に答えた私たちに、マァオさんが声を出して笑った。

「あらあら、本当に仲良しさんねえ。特別なことはできないけれど、精一杯おもてなしさせてもらうからのんびり過ごしてちょうだいね」

そうやって和やかに話しながら歩けば、そう広い村でもないからマァオさんのおうちにはすぐ着いた。精霊村の中でも少しだけ大きくて、それこそ絵本の中に出てきそうな形をしている家だ。きのこみたいにどこか丸みを帯びた屋根はオレンジ色で、そこかしこに綺麗な花が植えてあって、釣り鐘型のランプが柔らかな光を湛《たた》えている。

そんな可愛らしい家にイザベラがまた目をキラキラさせて、そんな彼女の様子にマァオさんが嬉しそうに笑うのは、……ああ、うん、なんかこう、いいよね。

(イザベラにも言ったように、もう少しだけ待ってみたほうがいいよね)

本当は、すぐにでも私たちも合流して手伝うべきなんだろう。なんたって、待たせたのは私たちなのだから。

でもフォルカスには悪いけど、ちょっと行きたくないっていうか……もう少し、覚悟が定まるまで待ってほしいっていうか。

色っぽい話ではなくて申し訳ないが、これぱかりはしょうがないでしょ?

誰にだって苦手なものが一つや二つや三つや四つ!

私にとっては蜘蛛がそうなんだよね!!

……とはいえ、まあ。

一ヶ月待たせた上で更に蜘蛛が苦手だから何も言わずにスルー……なんてのは、いくらなんでも不義理すぎると私も思うわけですよ。

なんで、私はマァオさんちの二階で借りた部屋の窓からちょっとしたささやかな贈り物をフォルカスに向かって精霊に頼んで飛ばしてみたのだ。

それは森の中で咲いているピンク色の、まさしく桃そっくりな花に私の魔力を付与したもの。

メッセージを付与して、飛ばした特性のお手紙ってやつだ。

付与された魔力の質によって光の色味や強さが変わったりするから、面白いんだよね!

この森の植物、特にこの村周辺のものは不思議なもので、魔力を付与すると輝き出す特性がある。

入り口付近の葉っぱや花が光るのも、この特性を生かしたものだ。

いや、この特性があるからあの仕組みができたのか、この仕組みのために先人が精霊たちにお願いして生み出したのか、どっちだろう?

精霊たちが多くいるためだなんて学説もあるけれど、本当のところはよくわからない。

なんせ、ここは精霊たちの許可が必要な土地。

研究したいって騒がしくするような人は来ることが出来ないもんだから、それを調べる術もなけりゃ村人だって別に気にしていないんだから、よそ者の私が気にしたってしょうがない。

（まあ、それで問題になることなんて一切ないし、どっちでもいいか）

平和なこの村がやたらめったら騒がしくなるってのも風情がなくていやなので、このままでいいと私は思っている。

魔法の発展がどーたらと昔ここに連れて行けって騒いだ学者がいたって話を冒険者ギルドで聞いたことがあるけど、知ったこっちゃないね。

（……それよりもフォルカス、意味に気づくかな）

この世界にも、花言葉なんてものがある。

フォルカス宛てに送ったあの花の花言葉は、『あなたの虜』。

なかなか情熱的だと思わない？

ちなみに私は旅先で出会った酒場のおねーさんに教えてもらったのだ。

『イイヒトが出来たらそれをあげてみたらいいさ。あっさり捨てるような男なんて碌《ろく》なもんじゃない。こっちから願い下げ。意味がわからなくても大事にしてくれる男なら、きっとアンタのことも大事にしてくれるよ』

色っぽさ抜群の人気ナンバーワンなおねーさまに言われても説得力がなかったんだけどね！

まあ花言葉はともかく、私たちが無事、この村に到着したことはちゃんと伝えた。

それでフォルカスとディルムッドが一度戻って来るかもしれないし、もしかしたら増援依頼ってことで連絡を寄越してくるかもしれないし……アイツらに限ってそれはないか？

「姉様？　どうかなさいまして？」

「ああ、イザベラ。なんでもないよ」

そんなことを考えていたら一階でマァオさんと談笑していたイザベラが私の様子を見に来たようで、心配そうな顔をしている。

「あの二人に私たちが着いたってことを知らせる花を飛ばしてたの」

「まあ、素敵な連絡方法ですわね！」

先ほど自分も赤い花を受け取ったからか、イザベラは不安げな表情から一転、笑顔を浮かべた。

素敵な連絡方法、そう表現されるとなんだか急に照れくさくなる。

うん、まあ、自分でも少しばかり乙女チックなことしてしまったと、そう思う。

後から恥ずかしさが襲ってくるやつだよ、コレ！

葉っぱにしておけば良かった。要は、魔力で誰からかわかるんだし！

（ヤバい、どうしよ）

本格的に恥ずかしくなってきたな……！

花言葉の話題をふと思い出して『おっしゃ、ちょっと洒落《しゃれ》たことしてやろ!!』なんてノリと勢いでやっちまったはいいけど、これ結構やばくない？

だって、あの意味を考えるとさあ……!!

二人とも知っていたとかそういうオチになるとフォルカスが甘くなって厄介だし、ディルムッドがからかってくるのが目に見えて……やばい。色々とやばい。

主に、私のメンタル的問題で！

「姉様？　どうかなさったんですか？」

「え、いや、なんでもないよ！　それより、マァオさんとのお話はもういいの？」

「はい、晩ご飯の支度をなさるからと……お手伝いを申し出たのですが、客人だからゆっくりしていてくれと仰って……」

「そっか。じゃあ晩ご飯ができるまでの間に魔力についてのおさらいでもしよっか」

「はい！」

イザベラの笑顔を見て、なんだか気持ちが落ち着いた。

まあ、送ってしまったモンはしょうがないよね。

あとはなるようになれってやつだ！

やっちまったことを悔いるのは、未来の私に任せよう……。

私はそう頭を切り替えて、イザベラにおいでおいでをする。

彼女は歩み寄ってきて、少しだけ躊躇《ためら》ってからベッドに座った私の横にちょこんと座った。

可愛い。……え、なにそれ可愛い。

はい、可愛い。もう可愛い以外に言葉がないんだけど、どういうことかな？

とはいえ、可愛い妹の前で悶えるなんてことはおねえちゃんとしてのプライドが許さない。

私はにっこりと笑ってイザベラの頭を撫でるだけに留めた。

「魔力を巡らせるところからやろうか」

「はい！」

この世界での魔法は、イメージ。

だから自分の中にある魔力のイメージさえ摑めれば、それがスムーズに外に出て行く……つまり、魔法の発動自体がスムーズになる。

しかしそれは意外と知られていないっていうか、世間は〝魔法を使ったら魔力は外に出るのが当たり前〟っていう認識なんだよなあ。

結果としてできる人から見るとできない人が、何故できないのか理解出来ないっていう齟齬《そご》が生じるのだ。

魔力を持っていてもそれを使いこなせない人は、魔力が巡るイメージがないから外に上手く出せないだけなんじゃないかと私は睨んでいるんだけど、これがねえ……まあ、わざわざお偉いさんとかに教えないと今すぐ世界が滅びるとかじゃないので、いいかなって。

前世で見たラノベなんかでよくあるパターンの、魔法が使えなくて不条理な目に遭う人……なんてものに遭遇したこともないし。

意外と世界は平和なのだ。

犯罪も横行しているし、国同士で諍《いさか》いもあるし、なんだったら種族間戦争とかも話は聞くし、モンスターも闊歩《かっぽ》しているけど。

とりあえず、私と私の周辺ではそんな物騒ではない。それが大事。

「そうそう、上手い上手い」

「本当ですか？　嬉しい！」

「この分なら、魔法書の内容もほとんどすぐ使えるようになるんじゃないかな？」

「よかった、これでわたくしも姉様のお役に立つことができるんですのね」

「やだなあー、イザベラはいてくれるだけで私のやる気に繋がるんだよ？　傍にいてくれるだけで嬉しいし、生活面で私をたくさんサポートしてくれてるじゃないの」

「もう、姉様ったら！」

イザベラは謙遜するけど、割と本気なんだよなあ。

だって可愛い妹ですから！

嘘偽りなくいてくれるだけで活力になるのよ。

それに、本当にこの子ってば優秀なのよねえ。

私が教えた魔力を体中に巡らせるっていうイメージ、もうほぼ完璧なんじゃないかな。

初めの頃はコツが摑めず首を傾げてばっかりだったけど、魔道具での練習が役立ったらしく、聖属性魔法との違いに折り合いを付けつつ努力しているそうだ。

その違いってのが私にはわかんないけども……大したものだよホントにね。

「フォルカスからの返事次第だけど、明日にでも私が知っている精霊に会いに行ってみようか。きっとイザベラも仲良くなれるよ」

「まあ……!!　わたくしでも姿を見ることができるでしょうか」

「上位精霊になれれば魔力操作の応用を使えば見えやすいと思うんだ」

自慢じゃないけど、この村に住み着いている上位精霊や妖精族たちと私は結構仲良しなのだ。

土産話と一緒に妹自慢をしてやらなくちゃ。

「楽しみですわね！　……あら？」

そんな風に考えているると、ヒラヒラと窓から一輪の花が舞い込んだ。

青く輝く花が私の周りをひらりひらりと舞ったかと思うと、私の手のひらにポトリと落ちる。

「フォルカス様ですか？」

「うん、お返事きちゃったねえ」

「……情熱的なお返しですのね」

「え？」

私の手の中にある花を見て何故か照れるイザベラに、私はきょとんとしてしまった。

イザベラは私の反応に気づいたのだろう、頬を押さえたまま首を傾げる。

「もしかして、ご存じないですか？」

「……この花のこと、かな？」

「はい。王侯貴族の間では花言葉の意も添えて手紙を送り合うことがよくあるので……おそらく、フォルカス様もご存じかと思いますけれど……」

「えっ、待って。ちょっと待って」

「そちらの花の意味ですけれど」

私の反応を見ながらクスクス笑ったイザベラが、意味をそっと教えてくれた。

そりゃもう、私が送った花への返答ですね、そうですね！

(うわあああああ)

私のちょっとしたお茶目さが、まさかの甘ったるいお返事だなんて思わなかった！

いや、こういう結末もあり得たよね、私の方が甘かったんだよ……。

「と……とにかく！」

フォルカスからの花は、それだけじゃなかった。

花言葉？　そんなん秘密だ、秘密!!

なんと受け取った花なんだけど、ただ光るだけじゃなくて明滅していたのだ。

それには見覚えがある。いわゆる、救援信号の光り方。

メッセージを吹き込むことができない状況ってことなのかな？

それにしちゃ花を選ぶ余裕はあったのかよ……って思わずにはいられない。

まあそこは後ほど直接会った時にでもツッコむとしよう。

しっかし、器用な魔法の使い方するなあ……さすが大魔術師と呼ばれる〝氷炎〟様だよ。

「フォルカスが救援信号を送ってくるなんてよっぽどだと思うんだ」

「はい、わたくしもそのように思います」

「当然、私はアイツらを探すつもりだけど、イザベラは」

「勿論ご一緒いたします！　わたくしは確かに戦えませんが、結界や治癒魔法できっとお役に立てると思いますから、どうか、どうかお願いです、置いていかないで……！」

「お、おおっと？」

一緒に来るかと問うつもりが食い気味に反応されてしまって、思わずびっくりした。

どうやら不安にさせてしまったらしい。

必死な顔で私に縋《すが》ってきたイザベラに、私は小さく笑って頭を撫でる。

（……これまで色々と我慢してきた反動かなあ、随分と寂しがり屋さんになっちゃって）

いや、これはこれで可愛いからいいんだけどさ。

怖いならマァオさんとここで待っていてもらうつもりだっただけで、私に可愛い妹を置いてけぼりにするつもりはこれっぽっちもないよ！

蜘蛛なんざ自分史上最速で蹴散らして戻ってくるつもりだったもの。

あ、苦手だから遠慮なくぶっ飛ばそうとかそういうつもりでは。

いやいや、ほんのちょっとだけですとも。

「ほらほら、大丈夫だからそんな泣きそうな顔しないの。マァオさんに晩ご飯をバスケットに詰めてもらって、アイツらのとこに向かおうね」

「……はい！　わたくし、お願いしてまいります!!」

「うん、お願いね」

早足で出ていったイザベラを見送って、私は手の上の花を指でつまみ上げ眺める。

先ほどまで青い光を放っていたその花は、もうフォルカスの魔力を失って白くて可愛らしい、本来の姿へと戻っていた。

（ラブレターみたいな花を贈るなんてさ……ほんと、キザなんだから）

そんなかっこつけはするくせに、救援信号付きってなんだかおかしくて笑える。

まあ花を選んで送ってくるだけの余裕があるんだから、きっと少しだけ手が足りないなって程度に〝困って〟いるんだろう。

長い付き合いだから、よくわかる。

（あー、もしかするとヴァンデール爺さんの酒の相手に疲れたとかそんなオチもあり得るな？）

だとしたら、手土産に追加の酒があってもいいかもしれない。

そんなことを思いながら、私も一つ、伸びをする。

階下に向かえば、ちょうどバスケットにあらかた食事を詰め終えたらしいイザベラとマァオさんが二人揃って私を見て、笑顔を見せてくれた。

なんだこの可愛い組み合わせ。

「姉様、準備出来ましたわ！」

「うん。え？　いや、ちょっとバスケットの中身、多くないかな？」

「マァオ様が、わたくしたちだけでなくディル様たちの分まで詰めてくださいましたの」

「ああ……そう……」

「アルマさんなら問題ないでしょう？　どうせ、あのやんちゃ坊主たちのことだから張り切りすぎて何かやっちゃったんじゃないかしらねえ。景気づけに良い葡萄酒《ぶどうしゅ》も入れておいてあげたから、みんなで飲んで頂戴な」

「……ありがとう、マァオさん」

どこまでお見通しなんだろう。突然のお願いにも笑顔で応えてくれるマァオさんには感謝してもしきれない。このお礼は土産話くらいじゃ足りないねえ。

今度珍しい食材を手に入れて、持ってこなくっちゃいけないかな……なんて、そんな風に苦笑しつつ、私は亜空間収納にバスケットを入れる。

イザベラが少しだけ羨ましそうにこちらを見ていたけど、これはイザベラに使えるかどうかわかんない魔法だと思うな……こればっかりは機械都市で手に入れた魔法の鞄《マジックバッグ》で許してほしい。

「それじゃあアイツらにお弁当を届けに行きましょうかね」

「お供いたしますわ、姉様」

「魔力を辿ってみた感じだと、森の奥の方みたいだから馬車は止めた方がいいねえ。ちょっと歩くようだけど、イザベラは大丈夫？」

「はい、お任せください！」

そっかあ、そんなに一緒に行けるのが嬉しいのかあ。

るんるん気分のイザベラがあんまりにも可愛くてニヨニヨしてしまうんだけど、どうしたらいいのかしらこの気持ち。

それはマァオさんにも伝わっているらしく、彼女もまたにっこりと笑ってイザベラのその様子を見守っている。

「……姉様？」

「んーん、なんでもないよお」

私たちの反応がないことに気がついたイザベラが振り返って目をぱちくりさせる。

そして私たちの視線の意味に気がついたのだろう、顔を真っ赤にして私の手を引っ張った。

「も、もう！　姉様、早く参りましょう!!　……それではマァオ様、行ってまいります」

「はい、いってらっしゃい。アルマさんが一緒だから大丈夫だとは思うけれど、気をつけてねえ」

ひらりと手を振って私たちを見送ってくれるマァオさんの姿が見えなくなる所まで、何度もイザベラは振り返っていた。

どうしたのかなって思ったけど、ほうっと息を吐き出したイザベラは目を細めて笑った。

「……『いってらっしゃい』と言われたのが、あまりにも久しくて。嬉しいものですね」

そう照れ笑いするもんだから、私は心臓が止まるかと思ったね。

何この可愛い生き物。

私の、自慢の妹だったわ！


森の中は夜だけれど明るかった。

私の目にはあちこちに精霊たちがいて、彼らが腰掛けたりしているおかげで葉や花だけじゃなく、道ばたのキノコまでキラキラ輝いているからだ。

イザベラからしてみれば植物たちの一部が輝いているのがやはり珍しいのだろう、興味深そうに視線を向けている。

むやみやたらと触ろうとしないところが、とってもいい子だよね！

ただ、興味は尽きないのだろう。

綺麗な紫色の目は、周りの輝きに負けないくらいキラキラしている。

なんとも可愛いじゃないか！

「イザベラ、魔法のお勉強、次のステップに進んでみる？」

「えっ？」

「魔力の流れを理解して、それを出すことを練習したよね？」

「は、はい」

「それじゃあ、片眼鏡《モノクル》をイメージしてごらん。魔力を、自分の片目の眼鏡にするの」

「片眼鏡……」

私の言葉に、イザベラは立ち止まった。

少しだけ考え込む様子を見せたけれど目を瞑り、集中したようだ。

本来ならいつモンスターが出るかもわからないような夜の森でこんなことしてちゃだめなんだけどね、でもイザベラは私を信じているから、目を瞑って集中しているのだ。

どうよ、この絶対の信頼感!!

いやあもう、うちの妹、可愛いでしょう？

「……わあ……!!」

そうして彼女なりに完成させたのだろう、魔力の眼鏡を通して見える世界は、イザベラに新しい驚きと喜びをもたらしたようだった。

（よしよし、大成功）

私が見えている世界とはまた少し違うかもしれないけれど、おそらく私が今まで見聞きしたことから判断して、精霊を視る方法の一つとして、魔道具がある。

でも極論、魔力でそういうことができると学者は論じていて、それは机上の空論だとかなんとか色々言われていたけれど……まあ、要するにイメージの問題なのだろうと私は考えている。

元より精霊を視ることの出来る人間は、魔法を使う者たちだけに留まらない。

魔力が弱くても、強くても見える人は見えるし、逆も然り。

「色が、今まで見ていたものよりもいっぱい……!!」

「精霊は見えそう?」

「ええと……色の塊の中に、薄くは見えるのですが……。わたくしの魔力操作がまだ不十分なのだと思います」

「まあ、そこは慣れかな。そろそろ解除した方がいい、維持し続ける訓練はまた今度ね」

「はい」

あちこち光っているのは、精霊や妖精の魔力によるもの。

魔力の種類によって色が違うそれが、森中を彩っているのだからそりゃもう綺麗だ。

特に夜は真っ暗になるもんだから、ちょうどいい明かりくらいの気持ちだよね!!

この辺、ぶっちゃけ害獣も少ないし、デートには最適だよね。ムードばっちりだもん。

イザベラがこんだけ喜んでくれるんなら連れてきた甲斐もあるってものだわー。

もう少し行ったところにもっと喜んでもらえそうなスポットがあるけれど、これ以上の寄り道はさすがにあの二人に悪いからまた別の日かな。

（それにしてもフォルカスが救援信号を送るなんて、なにがあったんだろう）

吸血蜘蛛《ヴァンパイア・スパイダー》だって基本的には大人しい種族で、繁殖期だから獲物を求めてあちこち出現して家畜被害が出るってだけの話なのだ。

雲羊はその特性上、捕まえやすいっていうところがあるからなあ。ぼんやりしているっていうか、危機管理能力がないっていうか……。

雲羊たちは見晴らしの良いところにいるから、天敵の鳥に見つからないように普段は森で大人しくしている吸血蜘蛛《ヴァンパイア・スパイダー》もわざわざ雲羊たちを襲うこともないんだけど、この時期だけは……ってやつなのはもう自然の摂理だからしょうがないのだ。

でも本質が変わるわけではないので、ちょっと脅かすくらいですぐ逃げる。

そういった理由で、フォルカスの炎があれば問題ないはずなんだけど……ディルムッドが何かやらかして蜘蛛に吊されたって笑い話なんてオチじゃなかろうな。

そんなことを考えていると、前方の茂みががさりと音を立てる。

私がイザベラを背後に庇うようにしていると、そこから小さな羽を生やした蜘蛛が顔を覗かせたではないか。

「まあ、……え？　蜘蛛、ですわよね……？」

驚いた様子のイザベラに、私も困惑しつつ教えてあげることにした。

なんで私まで驚いているのかって？　そりゃコイツがレア中のレアな蜘蛛だからだよ！

「うん、まあ蜘蛛は蜘蛛。コイツはね、妖精族に属する蜘蛛っていう分類になる、蝶蜘蛛《バタフライ・スパイダー》って種族。錬金術師たちはそいつの鱗粉《りんぷん》買うのに大金はたくって話だよ」

なんに使うかは知らないんだけどね！

「しかし、見れば見るほど変わった……蜘蛛……いえ、蝶……？　でもやっぱり蜘蛛……？」

「生態的にはよくわかってないけど、意思疎通もできるよ。見た目はまあ……どっちかっていうと蝶だけど、蜘蛛と同じで目と手足は八つあるから蝶蜘蛛《バタフライ・スパイダー》っていうんだ」

「そ、そうなんですのね……？」

正直なところを言えば、私的には蜘蛛寄りの蜘蛛だよ!!

まあ、虹色に輝く羽のおかげで苦手意識は薄まっているし、意思疎通……って言っても別に会話が出来るわけじゃないんだけど、なんとなく伝わるところがすごいのよね……。

私たちの視線を受けて蝶蜘蛛《バタフライ・スパイダー》はふわりと飛んで、クルクルとその場を旋回している。

どうやら、偶然ってワケじゃなさそうだ。

「……着いて来いってことかな。行ってみようか」

「は、はい！」

私たちが歩み寄るのを確認して、蝶蜘蛛《バタフライ・スパイダー》が茂みに戻る。

それを追って茂みをかき分けて進めば、蝶蜘蛛《バタフライ・スパイダー》は私たちを待っているかのようにふよふよと一定の距離を保って飛んでいた。

（……やっぱり呼ばれてるな）

一体、私たちに何の用なんだか。

蝶蜘蛛《バタフライ・スパイダー》の生態はわからないけれど、少なくとも妖精族たちが仲間と認めていることもあって割とあちらも人間に好意的っていうか、私たちが珍しい動植物に興味を持つように蝶蜘蛛《バタフライ・スパイダー》も人間観察をしているフシがある。

何かあってもイザベラを守れるように注意を払いながら蝶蜘蛛《バタフライ・スパイダー》の後を追うと、そこには吸血蜘蛛《ヴァンパイア・スパイダー》が一匹倒れているではないか。

そこで私はおかしなことに気がついた。

「……妙ね？」

「えっ？」

「繁殖期なのに、遭遇しないどころか蜘蛛の巣が一つもない」

ディルムッドとフォルカスは、繁殖期で駆除に駆り出されたはずだ。

それなのに、森に入って精霊たちの姿は見かけても、野生動物の気配があまりにも少ない。

吸血蜘蛛《ヴァンパイア・スパイダー》に狩られない為に身を潜めているのかと思っていたけれど、これはどうやら様子が違う気がする。

「……イザベラ、回復魔法は使える？」

「無理です。残念ですが、その蜘蛛に命の輝きはもう……」

「聖属性ってそんなのもわかるんだ。……命を散らしたなら、森の掟に従ってこのままにするところだけど……」

　蝶蜘蛛《バタフライ・スパイダー》がひらりと私たちの周りを飛び回っているところをみると、きっとこの死骸にヒントがあるに違いない。

　私はその場に膝を突き、灯り《ライティング》の魔法を唱えてもっとよく見えるよう明るくした。

「……これは、武器によるものね。駆除にしてはちょっとオカシイな……」

　この吸血蜘蛛《ヴァンパイア・スパイダー》のサイズは、人間の子供くらいだ。ごく一般的なサイズ。

　ちなみに生態としては基本的に臆病で、狩りに出て獲物を巣に持ち帰るタイプの蜘蛛である。

　普通の羊一匹食べたら一ヶ月は生きていける、割とエコな生物でもある。

　繁殖期だけ凶暴になるけれど、彼らの糸は錬金術で重宝される材料の一つでもあるので巣材を持ち帰らせてもらうこともあるけどさ……。

「多分だけど、糸袋がない」

「いとぶくろ……？」

「そう。蜘蛛の糸ってのは体内では液体で、ため込んでいるものを外に放つんだってさ。アラクネ族がそう教えてくれた。まあ、私もそこまで詳しくはないんだけど……この蜘蛛は、腹部を割かれて中身を持っていかれてる」

「なんて酷い……!!」

イザベラが顔をしかめたけれど、確かにそうだ。

駆除なのか、もしくは襲われて撃退したのかわからないけれど、わざわざそんなことをする必要は感じない。

そもそも糸がほしければ巣を一部壊して拝借すればいい話なんだから、気味が悪いよね！

「アルマ！」

「……フォルカス？」

しかし何も状況がわからないなと首をひねったところで、今度は奥の茂みからフォルカスが現れて私は思わず驚いてしまった。

続いて現れたディルムッドの姿もあって、イザベラもびっくりしている。

「来てくれたのか」

「いや、うん。まあ来たんだけど……ちょっと状況が飲み込めない、かな」

私がちらりと傍らの死骸に視線を向ければ、ディルムッドも視線を向けて、肩を竦《すく》めて大袈裟なくらいのため息を吐いてみせた。

「俺たちもわかっちゃいねえよ。ヴァンデールの爺さんのところに行ったら、繁殖期に入ったはずなのに蜘蛛どもが現れねえからこりゃおかしいってんで森の調査を依頼してきたんだ」

「……なるほどね」

「ところが、我々が森の調査に向かうとあちこちで吸血蜘蛛《ヴァンパイア・スパイダー》の死骸が見つかった。まさしく、アルマの傍らにあるような状態で」

「みんな糸袋を抜かれていたの？」

「糸袋が狙いか、他の内臓かはまだわからん」

「密猟かとも思ったんだが……それにしちゃ、糸袋を狙った密猟なんて聞いたことがない」

ディルムッドが首をひねった。確かに、可能性としては密猟が一番可能性が高そうだけど……でも私も、いくら錬金術の材料になるからって糸の原料を密猟するなんて聞いたことがない。

フォルカスの方に視線を向ければ、彼も首を横に振る。

ジュエル級冒険者が三人揃って〝聞いたことがない〟だなんて、まさしく前代未聞の事態ではなかろうか？　これはただ事ではないのかもしれない。

そう思ったところでふと視線を感じて、私たちはその場で臨戦態勢に入った。

「え？　え？」

「イザベラ、おいで」

驚くイザベラを守るように私たちが構えていると、木の陰から二人分の人影が現れた。

そしてその傍らに、先ほどの蝶蜘蛛《バタフライ・スパイダー》の姿もある。

私はその二人に見覚えがあって、ほっと息を吐き出した。

構えをといた私に視線が集まったけど、にっこりと笑って手をパタパタ振ってやった。

「二人とも大丈夫、あれは敵じゃない。……そっちもこの森に起きている異常を確認して回ってたら私たちがいたってところでしょ？　ねえ、ランバにエリューセラ」

私の言葉に、人影が姿を現した。

それは、人間ではなくて、イザベラが驚いて口元に手をあてる。

目をぱちくりさせたままこっちに視線を向けるの、可愛いね！

「ね、姉様……お知り合いの方、ですか……？」

「そう。あっちの黒っぽいのがアラクネ族のランバ。緑色の羽がピクシー族のエリューセラ。この近くにある妖精族の村に住んでる連中だよ」

私の紹介の後、沈黙が流れる。

その沈黙を破ったのは、エリューセラだった。

大袈裟なくらいのため息、そしてにやりと笑う姿はかなり小憎らしい。

「……やっぱりアルマは、関与していないと思うのよねえ。美味しいモノがあれば幸せってヤツが、環境を壊してもなんの得もないもの」

「そうだな。エリューセラの言うとおりだ」

「おいこら、第一声がそれってどういうことだ!?」

ええ、ええ、信頼してくれているようで大変結構。

その理由が問題だけどな!!

「ヒトを食欲だけの人間みたいに言うのはやめてくれる!?　せめてまともな挨拶しなさいよ！」

「えー、だって本当のことじゃないー」

「美味いキノコが山イノシシに食われちまうって聞いて退治したのはどこのどいつだ？」

「だって！　あれは！　イノシシたちが異常繁殖した結果、山からキノコが消えそうになるっていうからじゃない！　あんたたちが困って私に依頼したんでしょ!?」

まあ確かに美味しいキノコを守りたい、その気持ち私にもありました。

しかし言っておくが、キノコの存在を知ってここに来たって訳でもないのよ？

この二人が住まう妖精族の村が近くにあるけど、そこは精霊村よりも更に強い隠蔽がかけられている。でも、山イノシシが異常繁殖して妖精村のみんなも苦労していたんだよね。

で、精霊を介して出会った私がその流れで協力を求められて……っていう結果、村付近に生える絶品のキノコが救われただけなんだ……!!

キノコはついいで、だったんだよ！

……報酬として分けてもらって喜んだだけなんだってば。いや、本当に。

「まあそれはともかく、アルマはその時、周囲の被害を最小限にしてくれた。それこそ山イノシシに対してもね。……だから、今回の件にアンタは関係ないってアタシは信じてるよ」

「そりゃどーも」

エリューセラが笑顔でそんなこと言うから、ここは大人しく引くのがオトナってもんだろう。

なんかちょっとばかり引っかかる理由だけどな!!

私は苦笑しつつ、ランバとエリューセラに向かってみんなのことを紹介した。

警戒はされたけれどフォルカスが竜の血筋と聞いて、それはそれで同族を歓迎するみたいな空気になったことについては解せぬ。

人間じゃない種族とはわかり合えるって言われているみたいでなんだかなあ!

「まあ、敵じゃないと判断してもらえて良かった」

妖精族は基本的に自然と共に生きる種族たちだから、無用の狩りや採集は好まない。

その辺りが人間族とは相容れないって思われやすい理由の一つでもあるんだよね。それ以外だと、妖精族の容姿が整っているから捕まえて奴隷にしたりするような人間族が過去にいたためっていう嫌な理由もあるんだけどさ……とりあえず、そこは今必要な話じゃないから割愛だ。

とりあえず、ランバとエリューセラはこの蜘蛛たちの原因ではない。

私が肩を竦めてそれらの意味を込めて言えば、ディルムッドが頷く。

「さっき俺らが話してた内容はアンタらも聞いてたんだろう?」

ディルムッドが問えば、ランバたちは小さく頷く。

いつから見られていたのかそれは気になるところだけど……とりあえず敵対する意思はないとディルムッドたちも示すように武器をしまってくれたので一安心だ。

「俺たちは繁殖期だってのに吸血蜘蛛《ヴァンパイア・スパイダー》が少なすぎるってことで調査に来ただけだ……とはいえ、死骸を見つけるばかりで犯人の痕跡らしいモノは見つけられていない」

「わかっているのは、鋭利な刃物を使って彼らの腹部を切り裂き、内臓を……特に、糸袋を奪っているようだというところか」

私たちは、何も知らない。ディルムッドが事実だけをはっきりと伝え、フォルカスが続いてわかっていることを淡々と伝えれば、ランバが難しい顔をして腕を組んだ。

ちなみにアラクネ族のランバはぶっちゃけると蜘蛛人間ってやつで、それでもかなりヒト型なので私も安心して友人関係を築けているのだ！

（とはいえ、不思議なんだよなあ、アラクネ族……）

腕が左右併せて四つ、脇腹から虫っぽい足が一対、その上で人間族のような足が一対……なんでそういう進化したんだろうね？

ちなみにちゃんと糸も出る。普通の蜘蛛より、強くてしなやかな糸だ。

背中にそういう部分があるらしくて、いつだって上半身裸だ。服を着ると糸が詰まるんだって。

そんな事情がある体型なので、人里ではどうしても目立つのであまり森から出ないのだ。

種族としての性格的にも自然の傍を好むから、人里に行くことは好んでしないね。

しかも希少種な上、更に彼らが作る布地が最高級品って言われていることもあって誘拐されて奴隷にされる事件も過去に多発している。

そのせいかアラクネ族自体が人口少なめで、人間嫌いが多いんだよね……。

ランバはそんな一族の中でも割と人間に対しても理解があるっていうか、好奇心旺盛なタイプだ。

「……そうか……いや、立ち話もなんだ。オレらの里に来てくれるか？　そこで話そう」

「そうね、ここじゃあ誰が聞き耳を立てているかわかったもんじゃないもんね」

エリューセラの言葉に私たちは顔を見合わせた。

どうやら、彼らは私たちよりも事情を知っているらしい。

「……断る理由はないね」

「わ、わたくしは姉様が行くのであれば勿論お供いたします！」

私の呟くような言葉に、縋り付くような勢いでイザベラが必死に訴えてくる。

その顔色は少し青い。やだなあ、『一人で戻れ』だなんて私が言うわけないのにね。

私はその言葉の代わりに、にっこりと笑ってみせる。

できるだけ、可愛い妹が安心してくれるように。

「うん、イザベラ。一緒に行こうねえ」

折角ここまで来たんだ、あれこれ片付けて安心安全な、妖精たちの闊歩する森をイザベラに楽しませてあげようじゃないか！

ランバとエリューセラに案内されて、私たちは妖精族の村に足を踏み入れた。

それこそどうして気がつかなかったんだろうってくらい、その村は近くにあって……私はそれが精霊による隠蔽魔法であり、幻影魔法との重ねがけだというトリックを知っているから驚くことはない。多分だけど、私が一人で来ていたなら最初から彼らは招いてくれた気もする。

初めて足を踏み入れたフォルカスとディルムッドは結構驚いている様子だけどね！

それよりも、イザベラは別の意味で驚いているようだった。

「うわあ……うわあ！」

小さな声で、イザベラが喜びの声を発しているのが微笑ましい。

なんというか、確かにこの村に関していえば王国の絵本にあるような光景が目の前に広がっているのだから、それも仕方ないという所だろうか？

精霊村でもなかなか絵本みたいな可愛らしい風景が広がっているけれど、ここはまた別。

見たこともないような大きなキノコでできた家の前にいる小人族、輝く花を住み処にしているフェアリー族、それに木々の上に家を作っているアラクネ族たち。

かなり個性的で、そして不思議な光景なのだ。

「ランバ！　エリューセラ!!」

そんな中に走ってきたのは二人の小人族だった。

彼らはアルマの膝くらいの背丈しかないが、それで大人なのだ。

とても手先が器用だが臆病な種族でもある。

「アルマだ！　アルマと一緒なら、大丈夫な……人間……？」

私の姿を見て二人はパッと笑顔を見せてくれたけど、すぐに他のメンバーに気がついて慌ててランバの後ろに隠れてしまった。

それを見て目をキラキラさせているイザベラに、苦笑が零《こぼ》れる。

「イザベラ、彼らは小人族のキールとキーラ。私の友達だよ。キール、キーラ、この子は私の妹でイザベラ。外の世界に出てきたばかりなんだ、仲良くしてあげてくれる？」

私の言葉にランバの後ろで震えていた二人が勢いよく顔を上げて笑顔を見せてくれた。

そして慌てて出てきたかと思うと丁寧にお辞儀をしてくれる。元々小人族は臆病だけれど、その分、打ち解けた相手にはとても好意的でおもてなし好きでもあるのだ。

「アルマの妹さん！」

「まあまあ、それはよくぞいらっしゃいました！」

「イザベラと申します。どうぞよろしくお願いいたします、キール様、キーラ様」

笑顔で歓迎の意を示してくれた二人に、イザベラもにっこりと微笑んでお辞儀をする。

うーん、微笑ましい！

ぱっと見、お姉ちゃんにご挨拶する少年少女ってところだけど、その実、逆ってのがまた面白いよねえ。この三人の所だけお花が咲いて見えるよ！

「あー……俺らは歓迎されてねェみたいだが、いいのか？」

「今回の件で話をと誘われたのであれば、断る理由はなかった。彼らとしても初対面なのだから、警戒してしかるべきだろう」

ディルムッドが少し居心地悪そうに、フォルカスはそんな相棒の様子に首を傾げながら私たちと一緒に歩いている。

マイペースか！　いや、まあ、いいんだけども。

そんな風に騒がしい私たちに、他の妖精族たちも興味津々といった視線を向けてくる。

（まあ概ね友好的ってところかな）

私がいるからってのが理由だとしたら、ちょっぴり照れくさいけど嬉しいね。

そんなこんなで私たちは妖精族たちの村、その中心にある集会所に招かれた。

「ここは……？」

「アタシたちは複数種族で暮らしているから、何かを決める時は代表が集まってここで話し合って決めるのよ。アンタたちの話を代表たちに聞いてもらうには、うってつけでしょ？」

イザベラが不思議そうにするのも無理はない。

なんというか、雰囲気が教会にも似て厳かな建物なんだよね。

広い円形の空間に、石で出来た円卓が一つ、その周囲を取り巻く柱には彼らが信奉する古い神々が彫られている。まさしく神殿じゃあないかと思うんだけど、彼らに言わせれば違うらしい。

まあ、不思議と落ち着く空間だけどね……。

ちなみに妖精たちにとっての神って存在は、人間よりももっと正しく『神』という存在に近いんじゃないかなと思っているので、あまり詳しくは聞かないことにしている。

知って良いことと悪いことがあるって、私ちゃんと知ってるんだ！

「好きなとこ座っちゃっていいわよ、アンタたちはお客様なんだから。代表者たちだって好き勝手に座るし、気にしないでいいわよ」

「この場ではどの種族も対等、そういう決まりなんだ」

エリューセラが私たちに声をかけた後、適当に戸棚からお茶の準備を始め、ランバもそれを手伝う。ピクシー族の彼女にとって私たちサイズの茶器を持つのは大変だからしょうがないね！

そんな中、彫刻を興味深そうに見ていたフォルカスが顔を上げた。

「……代表者たちというのは？」

そういえば、私もちゃんと説明を聞いたことがなかったなあ。

フォルカスの質問に、器用に複数の腕を使ってお茶を淹れるランバが少し考えるようにしてから答えてくれた。

「俺たちは種族が違う中で助け合って生きている。とはいえ、種族も違えば人数も異なる中で物事を決めるのに、たった一人を村の長と定めれば意見がどれかの種族に傾いてしまうこともあるだろう、だからそれぞれの種族で公平に意見を交わせる人物を選んで、それを代表者と呼んでいるんだ」

「なるほどな、合理的だ」

出されたのはハーブティーの類いだ。

キールとキーラがいないと思ったら、お茶菓子を持ってきてくれたらしい。

「このお菓子は、昔アルマさんがここを訪れた際に我々に教えてくれたものなんですよ」

「あれ以降、よく作っているんです！　是非お召し上がりくださいな！」

出てきたのは、なんとくるみゆべしだった。

そういや、そんなの教えたなあ。

「アルマ姉様は本当に物知りですのね、お友達も多くて羨ましいです」

「……これからはイザベラだって、世界各地に友達が出来るよ。楽しみだね」

「はい！」

キールとキーラは微笑ましそうに私たちのやりとりを見ていた。

エリューセラは我関せずでお菓子を頬張っていたし……って。

「ちょっと待ちなよ！　何一人で食べてんの!?」

「ええー、いいじゃない。アタシはお茶の準備で疲れたんだから、このくらいご褒美よ！」

いいのか、代表者来る前にそんなんで。

そんな風に私たちが思ったのは正しかった。

エリューセラがくるみゆべしを頬張っている最中に代表者たちが続々と現れ、そしてピクシー族の代表は到着するなりエリューセラを見てどこからか取り出したハリセンで彼女を叩き、全員に謝罪させたのである。

まあ、いいんだけどさ。

さて、その後は代表者たちが集合したのでお互いに情報を交換した。

その結果、とんでもないことが発覚したのだ。

私とイザベラは、とても微妙な気持ちである。

何故かって?

くるみゆべしが喉に詰まったとかそんなんじゃないから、そこは安心してほしい。

いやそうじゃなくて、代表者たちから聞いた話が問題なんだよ!

「まさか、まさかですわねえ……」

「そうだねえ……」

代表者たちによれば、最近おかしな動きを見せる人間たちがいるので警戒をしていたそうだ。

そして、その人間たちを警戒している中で他の地域にいる仲間たちにも協力を求め得た情報をまとめた結果、一冊の本に辿り着いたのだという。

それがまたなんというか。

イザベラが旅の途中で買い求めた、あの娯楽小説だったのだ。

そう、平民出身の少女が悪役令嬢に屈することなく、恋した王子と真実の愛で結ばれたっていう、国を出た辺りで手に入れたあの娯楽小説のことだ。

「……あの作品と同じようなことが各地で起きている、か……」

「確かに、わたくしが買った巻はまさしく『わたくしが』悪役令嬢であった物語……のように、思いますわ」

小説そのものはすでに二巻まで出ているらしいが、代表者たちが気にしているのはその二巻部分らしい。何故なら、〝特殊な製法で紡ぎ出した蜘蛛の糸を用いたローブ〟とやらが登場するからだ。

今回の事件の被害に遭っているのは、蜘蛛たちなのだ。

該当部分のページには、確かにそれらしきものが書かれている。

正確には、主人公が世界を救うために森の生き物たちがこぞって糸の原液を渡し、アラクネ族が秘伝の方法を用いて作り出すらしいんだけど……。

ちなみに、秘伝の方法なんてものは知らないってすっぱりきっぱり代表者であるアラクネ族の長老に否定されたのでまったくもっていい迷惑である。

王国で起きた婚約破棄の件が酷似していたことが既に世間では話題になっており、その上、今回の事件だ。この娯楽小説を預言書の類いと勘違いして実行しようとする危険人物が現れたのではないだろうかと代表者たちは危惧しているらしい。

まあ、そりゃそうだよね。

この森に来る条件が〝精霊たちが認める〟ってことだけど、魔力量がある一定以上ならそれを吹き飛ばす魔法を使っちゃえばいいってことになる。

友好的にいきたいならそんな乱暴な方法はとらないけど、そうじゃなければやりようはいくらでもあるってことだ。

特に扱いが難しいっていう点を除けば、索敵系の魔法に長けているヤツがいたら隠蔽されている場所が特定されてしまうっていう弱点もある。

見えないからこそ何かがあるってね。

それでも今まで大きなトラブルにならなかったのは、精霊村の人たちが精霊の加護を得ているからだし、妖精たちの隠蔽はそれらの更に上を行っていて、周辺諸国は妖精族や精霊の反感を買うのは得策ではないと放置を選んでいたってだけの話。

（蜘蛛の糸のローブねえ……）

物語通りに話を進めたいってんなら、まず聖女《ヒロイン》であるはずのエミリアさんがカルマイール王国で王子と結ばれず、修道院にいる段階で違う。もしそれを物語と全く同じにしたいなら、ある程度の準備が必要で……そして、そのために蜘蛛たちは狩られてしまった。

代表者たちもそう考えて、その怪しげな集団の主導者がいるはずだとまずは作者について調べたらしいんだけど……。

「それにしても、作者不明というのは困りましたわね……」

「大陸中で流通している本だってんなら、わかりそうなものなんだけどね。まあ、余程大切にされている作家ってことなのかなあ」

代表者たちも私たちも、これといって収穫がない話し合いだった。

結局、わからないってことがわかったってだけだよね。

好きなだけ滞在していいという代表者たちのお墨付きももらって、フォルカスとディルムッドは代表者たちと今後について、私とイザベラで本を読み返してヒントになりそうなことを探ろうっていう分担作業に入った。

イザベラがマジックバッグから取り出した二巻をパラパラと私も捲《めく》って適当に読んでみる。

ちなみに一巻もまだ読み終えていないんだけどね。

二巻は最初の女の子が実は古《いにしえ》の聖女の生まれ変わりでした、というところから始まる。

（古の聖女様ねえ……）

王子と婚約したヒロインは、幸せに暮らしていた。

誰よりも強い聖属性の魔力は衰えるどころか勢いを増すばかりで、国は安泰だと誰もが彼女を褒めそやす。ヒロインも慢心せず、常に努力を怠らない。

ある日、いつものように祈りを捧げていると突然目の前が真っ暗になりヒロインは気を失ってしまうのだが、そこで初代聖女が夢の中に現れて使命を託す。

魔王の出現と、それにより被害を受ける世界のあちこちを守るため旅に出ることを決意するのだ。

ヒロインから話を聞いた王子は、愛する彼女のために各国に協力を求め、中でも竜の力を宿す北の国の協力は必須だからとヒロインと王子の腹心を送り出す。

途中、世界を作った女神を信仰する人々が彼女を手助けする中で、そこに潜んでいたスパイである魔王の手下である悪魔により傷を負わされ、森へ逃げ込むことになってしまうのだが森に住まう者たちに救われる。

そして、魔王を倒す旅をしているならば、このアイテムを……と渡され、三巻へ続くという感じだった。

「なんだこれ……」

どこまでも主人公の女の子……聖女推しって感じの話だ。

一巻は薄幸の美少女が聖女として正しく振る舞い、運命の相手と出会って障害を乗り越えて恋を実らせる物語だったけれど、二巻から冒険ものになるとはこれ如何《いか》に。

いや、一巻からちゃんと〝聖女らしい聖女〟って推していたのだからある意味伏線回収してる？だけど、ここまで聖女万歳な物語を現実にしようだなんて……本当に予言書扱いしているヤツなんているだろうかと思ってげんなりしてしまった私は悪くない！

イザベラもパラパラと読み進めて困ったようにしている。

「娯楽小説としては面白いと思っておりましたが、これが現実的かと問われると……首をひねってしまいますわね……」

「そうねえ。現実的とは言えないけど……しかし、魔王に悪魔ねえ……ふうん」

「姉様？」

私は少しだけ考えて、イザベラに私の秘密を打ち明けることにした。

おあつらえ向きに、代表者たちと今後について話し合っていたフォルカスとディルムッドも戻ってきたことだしね。

「どうした？　なんかあったのか？」

「ディル様、いいえ、姉様が……」

「アルマ？」

三人が不思議そうな視線を向けてくるのがおかしくてたまらない。

私は悪戯が成功したような気分で、彼らに向かってウィンクしてやった。

「ちょっとさあ、今回の件で知り合いの悪魔に頼ってみようかなって思うんだよね！」

私がそう言うと、全員が目を丸くして私を見たのだった。

第二章　悪魔の講義

「悪魔を頼る……!?」

私の言葉にイザベラが顔色を変え、ディルムッドがギョッとする。

フォルカスは……そんなに変化がない気がするけど、驚いているようだ。

まあ、そりゃそうか。

イザベラからしてみれば、悪魔を頼るってのはイコールでマルチェロくんみたいなイメージだろうし、実際一般的には〝悪魔と契約を交わす〟って言っているようなものだし。

「大丈夫大丈夫、ええとね、あまり知られていないけど悪魔族ってのはさ、契約しないとあちらの世界から出てこられないタイプと、自力でこちらに来ているタイプがいるわけ」

「ええっ!?」

「自力でこちらに来ているやつらってのは、なんていうか……変わり者でね。前にも話したけど、悪魔たちにとって人間の感情がエネルギーになるってざっくり言ったでしょ、契約者を介さなくても手にすることが出来るらしいのね」

つまり悪魔の中でもチート級にすごい悪魔ってワケ！

ただまあ、そんなことを説明しても不安がらせるだけだからここは黙っておくのがいいだろう。

そもそも、私がこうやって悪魔に詳しいのにも理由がある。

まずはそこから話さねばならない。

「まあ、これから話すのはさ、みんなが初めてなんだけど」

「……姉様？」

「フォルカスが竜の血を引いているように、私は悪魔の血を引いているらしいんだよね」

さらっととりあえず事実を告げてみる。

私の言葉に、イザベラは口を押さえ、フォルカスは瞬きを繰り返し、ディルムッドは顎が外れるんじゃないかってくらい口を開けた。

「は、はあああああ!?」

「ちょ、声がでかい！　ディルムッド、大きな声出し過ぎ！」

「馬鹿野郎、これが驚かずにいられるか!!　どういうことだ！」

「いやあ、どういうことだって聞かれるとなあ」

うーん、あれはいつだったかなあ。

正直細かいことは覚えていないんだよねえ。

私は少し考えて、立ち話もなんだから彼らにも近くにあった倒木に座るようジェスチャーをした。

「私が孤児院で育ったたって話は前にしたことあったっけ？」

「おう、それで冒険者になったんだろ？」

「そうそう。そんで、フォルカスやディルムッドに出会うちょっと前くらいかなあ」

旅は順調そのものだった。

見るもの聞くもの楽しくて充実した日々を送っている中で、ある時、声をかけられたのだ。

あれは驚かされたよね。

そりゃその頃はまだ駆け出しの冒険者で、なんたって女の一人旅だし、当然だけど周囲の警戒はしっかりしていたのだ。

なんだったら今よりももっとしっかりやっていたかもしれないくらい。

それなのに、そいつは突然現れた。そりゃもう、驚くでしょ。

敵意はないって言われてハイソーデスカって信じるものでもないし。

「ところがさ、そんなどっからどう見ても危険な相手がこういうワケよ。『会いたかった、我が子よ！』って」

「……待て、待て待て。理解が追いつかねえ」

「そもそも、悪魔から人間は生まれないのではないか？」

フォルカスの疑問はもっともなもので、悪魔は魔力の塊みたいなものだから人間と交わったからといって子供が生まれるってもんでもないのだ。

なのに『我が子』って言われたら混乱もするよねえ。わかるわかる。

私は頷いてから言葉を続けた。

「うん、だからさ、本当は黒竜帝にも私がそうなのか聞いてからみんなに話すつもりだったんだけどさ……今回の事情が事情だしさあ」

色々考えた結果だ。

悪魔と人間が恋をしたという逸話はあるものの、子を生《な》したという話はない。

その後の魔法研究の結果、悪魔族という種族が認められ、そして彼らが生命としてそもそも人間たちとは違う、というところまではわかっているのだ。

なので私の父親を名乗る悪魔がいたとして、それをただ信じるには疑わしい。

妖精とか精霊とかにも聞いてみたけれど、興味がないから知らないということだった。混じっているかとか、その辺もどうでもいいって返答でいっそ清々しくて笑えたよね！

だから黒竜帝が本当に存在しているって知って、聞いてみたかったんだけどねえ。

「で、その悪魔なんだけどさ。私が呼べばいつだって来るって約束してくれたんだよね」

あの日、私の前に現れて父親だと名乗った悪魔は嬉しそうだった。

そりゃもう、これが普通の人間だってんなら感動のご対面だったのかもしれない。

だけど、ハジメマシテがインパクト強すぎるってのも考え物だよ？

初めまして悪魔だけど貴女の父親ですなんてインパクト強い以外言えないわ。

「……ってことで、どうせ聞いているんでしょ？　オトウサン！」

「ふふふ、いつ呼んでくれるのかと今や今やと待っていたよ」

私が呆れながらそう呼びかければ私の声に応えるかのように周辺の木々が揺らめき、一人の紳士が森の中からゆったりとした動作で歩み寄るのが見えた。

「初めまして、娘のお友達かな？　我が輩は悪魔族が一人、オリアクス。以後お見知りおきを……」

一見、どこからどう見ても紳士然としたその男性の柔和な笑みだったけれど、きっとみんなには不気味な笑顔に見えているんだろうなあ。

一応あれ、心底喜んでいる笑顔なんだけどね！

オリアクスの登場に、フォルカスとディルムッドが警戒しているのはよくわかる。

なんなら王国の一室に現れたアークデーモンよりも更に上位なのだから、当然だろう。

怯えた様子のイザベラが私の袖を摑んできたけど、安心させるように頭を撫でてあげた。

「みんな、改めて紹介するけどこちらは私の〝自称〟父親オリアクス。確かに強い悪魔だけど、みんながイメージしているタイプの悪魔じゃないから安心していいよ」

「ほうほう、なかなか人間にしては良い人材が多いようだ。……同席しても良いかな？」

「どうぞ、オトウサン」

「相変わらず認めてもらえぬのは悲しいなあ、悲しいなあ」

「全然悲しそうじゃないんだけど？」

笑顔のまま言われても説得力ないわあ。

そんな私たちのやりとりに、怯えていたイザベラが不思議そうに目を瞬かせた。

「オトウサン、この子はイザベラ。私の妹だからそのつもりで接して」

「ほう！　ほう！　ということは、我が輩にとってはもう一人の娘ができたというところかな。なんと喜ばしいことか！　よろしく頼むよ、お嬢さん」

「えっ、あの、ええと……イザベラと、申します」

恐るべき悪魔から友好的に挨拶をされる日が来るなんて想像もしていなかったんだろうなあ、目を白黒させつつもきちんと挨拶を返すイザベラが可愛らしい。

フォルカスとディルムッドに関してはまだ半信半疑と言ったところだろうか？

私のことは信じているけど、悪魔は信じられないってところだろう。

「あー、うーん。めんどうくさいなあ、オリアクスに説明してもらった方が早いかなあ」

「では、そうさせてもらおうか。そちらの若者たちを安心させるために、ここで話すことは真実であると誓約を立てておこう」

オリアクスが持っていたステッキで軽く地面を叩くと、小さな紋様が現れる。

その紋様には古代の呪文が刻まれているんだけど、それが地面から宙に浮かび上がったかと思うと、淡い光を放って霧散した。

「なんだあれ」

「……誓約の文言だ。ここでは真実を話す、この場にいるメンバーにおいてのみ効力がある。そういったものだが……無詠唱であれほど複雑なものは見たことがない」

フォルカスがディルムッドにもわかりやすく教えてくれて、イザベラも感心している。

……なんかすごく悔しそうな顔をしてるね、フォルカス。そこ、悔しがるところなの？

そもそも人間と悪魔では身体構造自体が違う。

スタートラインが違うんだから、魔法の使い方や幅が違うのは当然なのだ。

気にすることないのにな……なんて思ったけど、私は賢明だから黙っておいた。

「さて、では悪魔についてまず語らせてもらおうか。君らが警戒するのは、悪魔が契約主を得て相手に絶望を与える存在だということだろう？」

「……そうだ」

「まず、確かに悪魔という存在は人間界とは僅かに次元のずれた世界に住まう、魔力生命体であるということを念頭に置いてほしい。妖精族など近しい存在ではあるが、彼らのほとんどは実体を持っているゆえ……そうさなあ、どちらかといえば精霊族の方が有様は似ているやもしれん」

「実体がないという点か？　魔力により形成された実体、なるほどな……」

「素晴らしい！　その通り」

フォルカスが考えながら答えれば、オリアクスが楽しげに答える。

なんだろう、学生と先生のディスカッションかな？

思わずそんな風に思ったけど、まあ黙って見ておくことにした。

イザベラも、二人の交わす言葉に興味津々といった様子だしね。

ディルムッド？　彼はどうやら聞くだけに徹するようだ。賢明だよ、頭のいい人たちの会話に混じる方が大変だからね……！

「さてさて、それを念頭に、我らは魔力やこちら側の生き物でいうところの〝生気《エナジー》〟を摂取し、己のものとすることが可能なのだ。下級悪魔の連中が契約をするのも、契約主の魂という生気の塊を得るための労働というわけだね。こちらの世界で彼らが実体を保てるのは、契約主の魂から生気を分け与えられるからだ」

「……なるほど、生気を与え続けたことで契約者は精神に異常を来すと？」

「さて、そこまではわからないな、興味もないし。それに対して、我が輩のように元より魔力の器が大きい実体を保てる悪魔はわざわざ契約をもって魂を手に入れる必要はない。それこそ、小さな感情の揺らぎで生じるエネルギーだけでも十分に美味しくいただけるというわけだ」

にこやかにと話すオリアクスだけど、内容にこう、みんなはドン引きだ。

そりゃそうだ、悪魔たちが契約して魂を持っていく理由が食事ってのは色々な文献でわかっていたけど、直接悪魔本人からそれを言われるのとではまた別物だものね。

しかしオリアクスはそんなこちら側の様子には気づいていないのか、はたまたそれすら楽しんでいるのか、言葉を続けた。

「そして、感情の揺れ幅という意味で言えば、絶望、怒り、そういった負の感情は非常に大きな揺れを見せてくれるので大半の下級悪魔はそれを利用する。勿論、契約主の魂がメインの食材だが、そのための労働による途中経過で漏れ出た周囲の恐怖や絶望から生み出されるエネルギーをつまみ食いするのも醍醐味だね」

「つまみ食いって……」

思わずツッコんでしまったけど、いや、他に言い方!!

オリアクスは私の言葉ににっこりと笑みを返してくる。だけど、なんていうかさあ、こういうところで価値観の違いを感じるんだよなあ。

「下級悪魔たちは少々下品なところもあってね、つまみ食いも恥とは思っておらんのさ。いやはや、同族としてお恥ずかしいかぎりだ」

「全然、そんなこと思っている風には見えねえけどな」

「ははは、これは手厳しい！」

ディルムッドの苦々しい声にもオリアクスはどこ吹く風だ。

そして彼は言葉を続けた。

「我が輩はそんな悪魔族の中では一風変わっていて、喜びの感情を好むのだよ！」

大きく手を広げて宣言するオリアクスに、ディルムッドが目を丸くする。

イザベラはもう驚きっぱなしなのか、声も出ないようだ。

「喜びの感情……？」

「そう。喜びの感情というのはね、小さな振れ幅では憎しみや悲しみなどの負の感情に比べエネルギー効率があまりよろしくない。だが、準備に準備を重ね、本懐を遂げた喜びが生み出す力と言ったら！　それはもう素晴らしいものなのだよ!!」

オリアクスは楽しげに熱弁しているけれど、正直、私以外のみんな呆然としちゃってる。

そりゃまあそうだろうね、悪魔ってのは非情なものってイメージがある中で、喜びの感情について語られるなんて予想外すぎるわあ。

「ただまあ、我々悪魔族からすると感情の起伏が豊かなこちらの種族たちは大変魅力的で、ついつい攻撃的思考が刺激される傾向があってね。いわゆる、加虐趣味とでもいうのかな……残念なことに、それもあって下級の者たちはすぐに結果が得られる負の感情を揺り動かす方を選びがちなのだよ。安易な選択だと思うのだがねえ、こればかりは仕方がないのかもしれない」

残念そうにそう語るオリアクスに、イザベラがおずおずと手を上げた。

オリアクスは彼女の挙手に気がついて、小首を傾げて発言を促した。見た感じでは大変真摯な振る舞いではあるんだけれど、内容が残念でならない。

「で、では……その、悪魔族側の立場と考え方というものを伺えて大変勉強になりましたわ。ですがオリアクス様とアルマ姉様のご関係が、父娘《おやこ》であるというのは……」

「ああ、そうだったね。人間族と悪魔族はそもそも種としての成り立ちが違うため、繁殖には不向きであるとされている。事実、肉体を持たぬ悪魔族である我が輩も、それは例外ではない。この肉体はいわゆる、魔力の塊のようなものだからね」

なんだろうなー、オリアクスを囲んで彼の話を聞いている我々って、まるで先生と生徒だよね。

フォルカスなんて驚きつつも若干楽しげだし。

私としてはこの話を以前にも聞いているのでハナシ半分くらい聞き流しているけど。

みんなの様子を見ている方が面白いもの。

「どのような手段を用いたかは語れぬが、我が輩はとある契約をし、その代償として一人の乙女を献上してもらった。その乙女こそが母体であるが……我が輩がほんの少し所用で悪魔界にある自宅に帰っている間に、彼女は逃げ出してしまってね」

「逃げ出した？」

「そう、どうも我が輩が彼女に対し『子を産んでほしい』と頼んだことに対し、なにかしら奸計《かんけい》に用いるため赤子が必要なのだと勘違いしたらしい。それゆえ、生まれたアルマを孤児院に託し、姿をくらましたということだそうだが……」

そこまで言ってオリアクスは口を閉ざして薄く笑っただけだった。

オリアクスが教えてくれたことによると、こちらの世界に戻った時に彼女の姿がなかったのでまずは私の安否を確認したらしいんだよね。

彼女が逃げ出そうが、私をどこかに預けようが、そもそもオリアクスが願って生まれた存在だから見つけることそのものは難しくないんだってさ。

そしてそれを会ったことのない〝母親〟には教えてあったそうだから、私だけ捨てれば自分は安全だと思ったんだろうな。

（……そこについてオリアクスは何も言わなかったけど。それが彼なりの優しさなのか、どうでもいいのかはまだわかんないんだよなあ）

まあ聞かされても困るっていうのが正直なところだけど。

ちなみに母親がどんな人物なのか、一度尋ねたことはあったけど……オリアクスは教えてくれなかった。知る必要はないってことなんだろう。

私も、それ以上聞くことはなかったしね。

（家族が恋しくないといえば嘘になるけど……）

前世の記憶がある分、孤児院の窓から見かける親子連れとかが羨ましかった。

同じような境遇の仲間がいたから寂しくはなかったけどね！

それでも、私を捨てた理由がのっぴきならない事情とやらだったら……と僅かに思っていた部分が、オリアクスと出会ってからは薄くなったのも事実だ。

ただ、オリアクスと私が〝父娘〟であるという証明に至っていないので、彼が嘘を言っているという可能性もなきにしもあらず。

（好きなこととして生きているだけなら良かったんだけどねえ）

さすがに、フォルカスと番《ツガイ》関係になるとなれば、フェザレニアの王族に悪魔の系譜が混じるかもしれないってことになる。

その辺はハッキリさせておかないとだめだよねえ、やっぱり。

もしあちらの家族に歓迎されたとしても黒竜帝がどうかはわからないし、フェザレニア王家に因縁付けたいヤツらとかに知られても面倒だし。

そもそもオリアクスが本当に父親だとしても、味方かどうかってのもわからないし。

……いや、多分味方には違いないんだけれどさ。

何故かって？　なんていうか、桁違いの溺愛っていうか。

そういうのは感じているのだよ、これでも。

「悪魔族は長寿でもある。瞬きの間に人の子は成長してしまうので、アルマに会いに行くのが遅れてしまったことだけが悔やまれる」

しょんぼりとした様子でそう締めくくったオリアクスに、みんなが困惑した様子で口を噤《つぐ》んでしまった。うん、感想に困るよね！　ごめんよ!!

私はこの場の空気を変えるためにぱちんと両手を打って笑顔を見せた。

「……というわけで、そんな感じで私の自称〝お父さん〟なワケ！」

折角私が気を利かせて重たい空気を軽くしてやろうと思ったのに、何故か視線は『お前、大丈夫？』みたいなものだった。

解せぬ。人の気遣いをなんだと思ってんだ！

「とーにーかーく！　オリアクスと私の関係はわかったでしょ!?」

私がそう言えば彼らはとりあえずみんな、納得してくれたようだった。

オリアクスはそんな私たちを楽しげに見ている。

「ところでアルマ、我が輩を呼ぶということは何かしてほしいことがあるのかね？　大陸を一つ増やしたい？　それとも国を治めてみたくなった？　お前のためにならば、どのようにでも！」

「いやそういうのは必要としてないんで」

「ああ、つれない娘だ！　子供に贈り物をするというのは、親の特権なのだろう？　我が輩たち悪魔族にはない『家族』というものを得たのだから、その喜びを味わいたいのだがなあ」

顎を撫でながら悲しげに言ってもだめなものはだめである。

こちらの良心に訴えかけようったって無駄だからな！

いやだってそれが『近所のレストランでメニュー好きなの選んでいいよ』くらいだったら可愛げがあるけど、大陸を一つ増やすってなんだ。

私に何のメリットがあるんだ。むしろどう扱っていいかわかんないわ！

「オリアクス」

「お父さん」

「……オトウサンに聞きたいことがアッテネー」

笑顔で父親呼び強制ですか。

いやまあ、オリアクスからしてみれば私は娘なんだからそう呼ばれたいんだろうけどさあ。

(別にオリアクスのことは嫌いじゃないし、父親って思うのは問題ないんだけどねえ)

基本的に、人間を害そうとかそういうこともないしね。

悪魔は人を堕落させ滅ぼす、みたいに言う人もいるけれどそれは違うのだ。

オリアクスの話からわかるように、彼らからしてみれば潤沢なエネルギー資源である肉体を持つ種族たちを滅ぼすなんてとんでもない。

むしろこちらの世界は、彼らにとって食のデパートみたいなもんである。

割と不必要な人間を巻き込まないようにとか、繁栄させるのに手を尽くしてくれた……なんて文献もあったので手厚くケアされているような気もする。

契約者が望めば大量虐殺もあり得るので、そういう意味では遠慮ないけどね！

「あのさ、最近世間を騒がせている小説があるんだけど」

「ふむ？」

それはともかくとして、私はことの事情をオリアクスに説明した。

私とイザベラが出会ったことについても。

彼は私の話をじっと黙って聞き、少し考える素振りを見せてから、私たち全員を見回した。

「まずは、その〝魔王〟とやらが我ら悪魔族の王であるかどうかだが……そこについては微妙かなと思うよ。我らの中にも複数の種があり、それらにそれぞれ王がいる」

「……意外と複雑なんだな」

「ふむ。見せられぬのが残念であるが、なかなかにこちらと変わらぬ文明があるのだよ。さて、話を続けるとその記述では悪魔族の王であるかのように書かれているが、魔族の王とも取れる」

「そうね」

悪魔族は精霊たちのようなもの、魔力生命体だ。

それと比べて魔族は私たちと変わらない、肉体を持つ種族である。

全くの別物であることは、ここにいる全員が理解しているはずだ。

だけどオリアクスが言うように、小説にある『魔王の手下である悪魔』って書き方は悪魔の王ともとれるし、同時に魔族の王が悪魔と協力して……ともとれる。

私もつい魔王とその手下ってことで悪魔族の王ってイメージ持ってたわ。

「そもそも、その理屈でいくと〝魔王〟ってのはもう既に何人もいるってことだもんなあ」

ディルムッドの言葉に私も頷いた。

そうだ、その通り。

小説には『魔王が出現する』というイベントがあるわけだけど……出現も何も、今も王様している魔王がいるってことだもの。

「もー！　わけわかんないじゃん！」

「……それに、魔王が出現した……というのが、悪魔族の王が人間界に出現したことを示すとして、なんのメリットがあるのかね？」

小首を傾げるオリアクスに、私も答えられない。

フォルカスも、ディルムッドも、イザベラも。

みんながオリアクスの言葉を全面的に信じたわけではないのだろうけれど、それでも人間を〝食糧を供給してくれる存在〟と見做《みな》しているならば、あえて侵略するなどはメリットがあまりなさそうに思えたのだ。

確かに支配して一定数を供給するっていうのはありだと思うけど、しかし今までお互いにまったく問題なく生活していたのを崩すほどのなにかはどちらの世界にもないっていうね。

「そうなると、キーワードとして考えられるのは北の王国、聖女、創世の女神を崇める団体……というところでしょうか」

「そもそもその作者が誰かって点もだね」

「ふむ、それでいくならば参考になるかわからないが」

オリアクスが何かを思いだしたようにぽんっと手を打った。

そして晴れやかな顔でこう言ったのだ。

「転生者の仕業かもしれん」

あまりにも悩んでしまったので思わずイザベラを抱きしめて頭を撫でていたら、なんかとんでもない発言が飛び出てきた。

（オリアクスは、今、転生者って言った？）

思わず私はオリアクスを凝視してしまったけれど、それはなにも私だけではなく全員が彼に注目していた。

そりゃそうか、突拍子もない話だもんね。私以外からしてみると。

（あー焦ったあ……私が転生者だって気づいててカマかけてきたのかと思ったじゃない……）

どうもオリアクスとしては至極当然という意見だったらしく、私たちの様子を見て逆に首を傾げているではないか。

私としてはかなりドキドキものだったんですけどね!?

「ふむ、もしやこちらの世界ではあまり知られていないことだったのかもしれなかったか。以前から転生者という者は存在するのだよ、そして彼らは我々悪魔族を頼ることもしばしばあったのだ」

「えええ？　初耳なんですけど!?」

「初めて聞いた」

「伝説ですとか、おとぎ話かとばかり……」

ディルムッドやイザベラも困惑していることから、やっぱりそんな知られている話ではないようだ。私は眉間に皺《しわ》が寄るのを感じた。

少なくとも〝転生者〟と呼ばれる存在がいるってことは、その人たちは前世の記憶なんかを思い出しているからこそ転生者なんだろう。

で、悪魔たちの間で割と知られているという事実に加え、頼っていたということは……つまり、契約していたってことだよね。

（どういうこと？）

余計にワケがわかんないんだけども。

私が首を傾げていると、オリアクスも言葉が足りないと思ったのだろう。

コホンと一つ咳払いをしてから、私たちに向かってはっきりと言った。

「転生者には様々な者がいる。同じ世界、違う世界、人間、動物、彼らは前世の知識を用いて一旗揚げようとする者もいれば、今の環境に満足してそれらを語らず終わる者もいる。己の手が届く範囲をその知識で導こうとした者もいたね」

「……正直、オレとしちゃあ話が壮大になりすぎて、意味がわからんぜ」

「本当に、そうですわね……」

ディルムッドとイザベラが困惑したように言ったが、疑っているというよりは理解できなくて本当にただ困っているといった様子だ。

いやその気持ち、私もわかるわー。

転生者が他にもいるだろうとは思っていたし、なんならマルチェロくんがそうだったに違いないから可能性はちゃんと理解していたつもりだけど……。

「ふむ、よくはわからないのだが、我が輩が知る限りの範囲で得た情報によると、転生者たちの記憶というのは随分とまばらでね」

「……まばら？」

「さよう。前世に強い不満を持っている者ほど、ある特定の知識に対し鮮明に思い出しているようだ。そして他者とは違う自分を特別だと思い込み、我々悪魔との交渉も普通の人間よりも上手くできると思っている」

「……」

「特に意味もなく、なにかのきっかけを得て思い出した者に限って考えるに、あまり明確な記憶というよりは……ぼんやりと『こうだったと思う』といったような内容で、それを使ってどうこうしようとはしていないようだった」

ふうん。

確かに私は前世に不満があったのかと問われると、そうでもないように思う。

料理の作り方だけではなく、前世の家族とか友達、好きだった漫画や映画のことは記憶を取り戻した直後、ハッキリと思い出せていた。

だけどアルマとして生活している上で、それらの記憶は……どんどん、ぼやけたものになっていることは、事実だ。

（前世は前世、今は今って受け入れているから？　じゃあマルチェロくんは？）

前世に不満があって、それを叶えようとしたってことかな。

正直、オリアクスから得た情報が唐突すぎてゆっくり考える余裕はないけれど……まあでも、娯楽小説を書いたのが転生者ってのは結構いい線いっているんじゃなかろうか。

あの漫画なのか、それとも原作の方なのかはわからないけれど、少なくとも私よりも詳しい人物であることは違いない。

そうなると、その転生者である作者の目的がなんなのかってことになるんだけど……。

「だとしても、結局何もわからずじまい、か」

「そうだよねえ……」

「ふむ、あまり力になれなくて申し訳ないが……ところで、招かれざる客人が来ているようだが、どうするかね？」

オリアクスがのんびりと私たちに問うた瞬間、森がざわめいた。

妖精族たちも気づいたらしく、隠蔽の魔法を強めているのを感じて私たちも立ち上がる。

「行ってみる？」

「それがいいんじゃねーの、手っ取り早く捕まえて、情報を聞き出した方がいいだろ」

「そうだな、手をこまねくよりはマシだろう」

「ほうほう！　若者たちは行動力があってなによりだ！」

ぱちぱちと楽しげに拍手をするオリアクスは、私と視線が合うとぱちりとウィンクをした。

キザったらしいんだが、これが嫌味じゃないからすごいんだよなあ！

「僭越《せんえつ》ながら我が輩も君たちを援護するとしよう。なあに、契約の代償など求めんよ、これは無償の奉仕というやつだ。なにせ君たちは愛娘の友人なのだろう？　それにイザベラ嬢は我が輩にとっても娘であるわけだし」

「え、えっ？」

戸惑うイザベラをよそにオリアクスはとても楽しそうだ。

ニコニコしているその姿だけを見たら、誰も悪魔だとはわかんないんだよなあ。

見た目はジェントルマンなんだけど、実体ってのはまた別なんだろうか？

今更だけど、気になるう。

「娘たちに対して無礼であるようならば、この辺り一帯を消し炭にしてでも守るつもりであるから大船に乗ったつもりでいてくれたまえ」

「余計不安になるから大人しくしててくれる!?」

コレで親切のつもりだって言うんだから悪魔って怖い！

自分の大事なもの以外はどうでもいいっていうこの価値観！

思念体みたいなものだから、こう、倫理観が違いすぎて……ええ、うん。

「……気持ちだけは受け取っとくから。それに言っておくけど、そこのディルムッドは私よりも強い先輩だし、フォルカスはやっぱり私よりも強くて、ええと……一応仮にも私の恋人候補だから、信頼して任せてちょうだい！」

「アルマ……‼」

「な、なんだって？　恋人候補⁉」

あからさまに落ち込んだオリアクスをフォローしなくてはと思ったところでフォルカスに対して『友人』なんて言ったら拗《こじ》れそうだと思ってのことだった。

でもよく考えたら、こっちの方がめんどくさかった。

「とにかく！　話は！　捕まえてから‼」


その後、私たちは妖精族の村を出て、手分けして……というほどのこともなく、一人の男を捕まえることに成功した。

複数いたような気がするけれど、どうも上手いことトカゲの尻尾を掴まされたらしい。

ジュエル級冒険者三人いてこの状態だ、随分と相手はやり慣れているんだろう。

(なるほど、上手いもんね)

残念ながら、またもや犠牲になった吸血蜘蛛《ヴァンパイア・スパイダー》が出てしまった。

ただ、残された男が糸袋を持っていたので、まず間違いなく彼らはそれを目的としているということがわかったのだ。

「……ダメだな、まるで人形のようだ」

「魔法か、それとも別の何かってことか?」

「わからん。少なくとも、直接的な魔法ではないんだろう」

フォルカスの言葉に、ディルムッドが眉間に皺を寄せる。

おかしなことにその男は私たちが現れても驚くことも逃げることもなく、淡々と蜘蛛を切り裂いて糸袋を取り出す作業を続けていたのだ。

それを気味悪く思いながら捕まえてもやはり抵抗することがない男は、縛られてもただぼうっとしているだけだ。

魔法による催眠かと疑ってみて私やフォルカスが調べてみたり、ディルムッドが軽く頬を叩いてみたり、イザベラが状態異常軽減の魔法を使ってみたりと色々手を尽くしてみたものの変化がない。

ちなみに状態異常軽減の魔法は毒や混乱、気絶などの症状を一時的に軽くしてくれるものなので、二日酔いにも有効だよ!

完全に回復するわけじゃないし、コレって結構扱いが難しい魔法に入るんだけど……さすがイザベラだよね!

(はー、うちの妹ってば本当に優秀だなあ!)

自分も試すと言い出した時には何をするのかと思ったけど、まさか状態異常軽減の魔法が使えるなんて思わなかったんだよね。あれって高度な魔法なのよ?

まあ、結局何も変化はなかったんだけど……でもいっぱい頭を撫でておいたとも!!

「……ここまで色々試してもだめってのは、どういうことだ？」

そんな私をよそにディルムッドが難しい顔をして考え込んでいる。

ほんの少しだけそういうキャラじゃないでしょって思ったけど、黙っておいた。

しかし私もこんな状態の人間を見るのは初めてだ。私が暮らしていた孤児院の近くに、心が壊れてしまったという人たちが暮らす館があったけど、あそこにいた人々ともまた違う。

彼らには少なくとも、生き物らしさをどことなく感じたものだけど……ここにいる、この男性からは何も感じ取ることができない。

一体、これはどういうことなんだろう。

私たちが頭を悩ませていると、オリアクスが前に出て男をしげしげと眺めて自身の顎を撫でた。

「ふむ、どうやら精神を抜き取られているね」

「……抜き取られている？」

「それもなかなか見事な手際だ。何一つ残っていない、綺麗なものだよ。そう、何一つね！」

「ど、どういうこと、ですの……？」

「人間に限らず生き物はありとあらゆる意味で感情がある。意思がなくとも痛みを感じることも、感じないという感覚、それらはどのような状態であれ、自然のものならば何かしらの痕跡を残すものなのだ。だが、この人間からはそれが感じられない。不自然なことにね」

ニィィと口元を歪ませて、オリアクスが笑う。

それはどことなく、楽しくないから笑っている、そんな風な笑顔だった。一瞬だったけど。

「そうだねえ、確かにこれは悪魔族が介在しているようだ。それについては私が調べてみようか」

オリアクスが男をしげしげと眺めて、もう一度自身の顎を撫でる。

私たちは彼の言葉になんとも言えない気持ちになったけれど、お願いすることにした。

「となると、あとはコイツか」

男の身元を教えてくれそうなものは何もない。

ただ、糸袋を回収するための道具類が残るだけだ。

「……採集作業に適した服とは言えないよね」

「そうだな、身なりは……ただの農夫のようだ。それにあちこちに傷もある」

「身を守って作った傷には見えない」

「この人自身が、普段から戦い慣れているって可能性は？　蜘蛛を退治するとかは農村でも時折見られるでしょ？」

蜘蛛が襲われたのか、蜘蛛が襲ったのか。

それについてはわからないけれど、この傷痕を見る限り戦闘があったはずだ。そして男が勝利し、解体をしていたのは事実だろう。

「そうだな、その可能性は否定出来ないが……低いだろう。蜘蛛の方も見たが、一撃で仕留めている。単独で狩ったんじゃないにしろ、この男がメインで対峙していたことは間違いないはずだ。この傷はすべて正面から受けたものだと思う」

「だが奇妙なのは解体方法が専門家並みだってことだな。蜘蛛の傷痕を見てみろ、内臓を傷つけずに腹をかっさばき、それぞれを処理するなんざあ農民がやるには手際がよすぎだろう」

ディルムッドの言葉に、私も頷かざるを得ない。

農村で退治する蜘蛛は、もっと小さかったり獰猛《どうもう》だったりするやつだ。そのため、解体するより焼き払うなどの退治方法が推奨されている。

冒険者を雇って退治したあかつきには、解体した一部を買い取ってくれるケースもあるけど……大抵は報酬の一部となるくらい、農村で蜘蛛の部位は人気がない。

まあ糸だったらそれなりに紡いだり価値はあるだろうけど、危険を冒したり高値で買い取ることはあまりないはずだ。

「だとしたら……可能性の一つとして、冒険者資格を持ち、経験があるか」

「ねえな。検分してみたが、特別鍛えている様子もなけりゃあ冒険者証も持ってねえ。過去にそうだったとしても、これだけの手際を持ってるヤツが古傷一つねえってのはおかしな話だ」

私の言葉にディルムッドとフォルカスが即座に答えた。

一概にないとは言えないだろうけど、期待は薄い、かあ……。

もし冒険者だったなら、そっから調べもついたろうに。残念だ。

「ううん……そうだよねえ、困ったなあ。……うん？」

これはますます男が何者であるのかを突き止めることが難しい。

正気を取り戻してくれたら一番なのだけれど……そう思ったところで、私は男が使っていた作業用のナイフに目を留めた。

「……これ、妖精の気配がするね」

「あン？」

ディルムッドがナイフを手に取ってみたけど、何も分からないらしくフォルカスに渡す。だけどフォルカスもわからないらしい。

まあ、こういうのは波長とかそういう相性もあるからなあと思っていると今度はそれをオリアクスが受け取ってしげしげと眺めた。

その様子はまるで鑑定士みたいで、少しこの場に合わなくて面白い。

「ふうむ、思った以上に大事《おおごと》かもしれんな」

「え？　そうなの？」

「妖精の気配については我が輩にもよくわからんが、このナイフからは微《かす》かに妖精の血臭がする」

「ええ……フォルカス、わかる？」

「私に聞くな」

ドラゴンの血族なら鼻も利くかと思ったんだけどね！

まあ勿論ジョークですよ、ジョーク。

「じゃ、こいつに関しては妖精たちの村で聞いてみるか」

「それがいいだろうな」

ディルムッドが男の腰にぶら下がっていた空の鞘を片手に私たちを見る。

別に毒を塗られているとか、呪いの気配はないので大丈夫だとは思うけど……ぱっと見、なんの変哲もないナイフにしか見えないんだけどな。

「……妖精の気配はどこからするんだろう？」

私が不思議に思って首を傾げていると、イザベラが横から同じようにナイフを眺めて難しい顔をする。そして、躊躇いつつ口を開いた。

「おそらくですけれど、無念とか、そういった類いの……残留思念ではないでしょうか」

「残留思念？」

「はい。聖女はかつての聖女たち、そして救いを求める人々の〝想い〟を受け継ぎ、そしてそれを頼りにする技があるのですが……それと似て異なるものを、このナイフに感じます」

イザベラが祈るようにしてもう一度確認をし、険しい顔をして私にきっぱりと言った。

聖女たちってそんな恐ろしいことしてるんだ!?

ちょっとそれ怖くない？

だって聖女たちの祈りや人々の願いや想いを繋いでいくっていうのは、……なんだか。

(呪いみたいだ)

私はその言葉を飲み下す。

話を聞いただけならとても素敵なもののように思えるけれど、聖女たちの役割だとか、選ばれて拒否権なく働かされていることとか……そういう所を考えるとどうしても、ね。

イザベラと姉妹になる前だったなら、きっと私は素敵なことだねって笑えたと思うんだけどさ。

今だとそれが聖女たちの重荷でもあるんだよなってわかるから、素直には受け止められない。

「ふうむ。では先ほど君たちから聞いた、各地で多発している妖精族の行方不明者問題とも関係があるかもしれんな。こちらもついでだから調べておこうか」

「……随分協力的なんだな？」

イザベラの言葉に興味深そうな表情を見せていたオリアクスが約束してくれたことに、ディルムッドは怪訝そうだ。

疑うというような感情ではなく、ただ不思議なんだろうと思う。

それに対してオリアクスはにっこりと私たちに向かって笑顔を見せる。

「勿論、それはそうだろう！　これを機に、我が輩も良いところを娘たちに見せたいのだよ。父親として認めてもらわねばならんからなあ」

「そこかい！」

「しっかりとした親子関係を築き上げる前に恋人候補がいるとは……ううむ、反対するというイベントもこなしたいところではあるが、是非頑張ってもらって孫を抱かせてもらうというもっと大きな物事の方に期待も高まるものであるし、悩ましいところだねえ」

　どこまでマイペースなんだろう。

　私が呆れていると、ディルムッドが「なるほど」と呟いた。

「間違いなくアルマの父親だろ、このマイペースっぷり」

「ここまで酷くないわよ！」

　そもそもフォルカスとは友達以上恋人未満、まあ両思いであるということはバレているというかなんというか、……え？　言ってないけど伝わってるんだよなこれ？

　思わずフォルカスの方に視線を向けたら、良い笑顔を返された。

　それはどっちだ!?　っていうか孫ってなんだ、飛躍しすぎだ！

　まずはお付き合いをしてもフォルカスのご家族からも認めてもらってから……って違う、そうじゃない。なんにしろ飛躍しすぎだ！

「うむ、そうだな。まずは父親として役に立つところを見せて、親子関係を築くところから始めようではないか！」

「聞けよ人の話!!」

　むしろウッキウキで行動し始めているオリアクスに私は全力でつっこむしかない。

　なんかその横ではイザベラが両頬を押さえて「娘……！」って喜んでるし。

　ああそうだよね、この子ったら親の愛にも飢えてんだったね！

「イザベラはいいわけ？　本当にオリアクスと私が血縁だったら、悪魔が父親になるけど」

「アルマ姉様が何者であろうと、大切な、たった一人のわたくしの姉様ですわ。そして、オリアクス様はどのような形であれ、姉様を大切に思われていることは間違いないと思います。でしたら、わたくしは嬉しゅうございます」

「イザベラ……」

相変わらず！　うちの！　妹が！

こんなにも可愛い……尊い……!!

思わずぎゅっと抱きしめた。いやもうこんなん抱きしめるしかないわ。

「ね、姉様？」

「うんうん、私はイザベラの姉だもんね！　おねえちゃん、イザベラが妹で幸せだよ！」

「……もう、姉様ったら。でも、ふふ、わたくしも幸せですわ」

照れくさそうに、それでも本当に嬉しそうに笑ってくれるイザベラを見て私も嬉しい。

ただ、それを邪魔するかのような咳払いをするディルムッドに空気読めとかちょっぴり思ったけど黙っておいてあげた。

私のイザベラへの愛から生まれた優しさである。

「今お前、ぜってぇ失礼なこと考えてたろ」

「そんなことないわよ。で、なに？」

「いちゃつくのはその辺にしとけ。そろそろ移動しないと本格的に夜になっちまうからな。……それと、フォルカスの方も構ってやれよ」

ディルムッドの最後の言葉は私にだけ聞こえるように言ったみたいだけど、多分フォルカスには筒抜けだぜ！

おかげでそっちを見られなくなったじゃないか、どうしてくれるんだ!!


その後、私たちは妖精族の村に戻った。

私たちが外の様子を見に行くと告げてあったからだろう、エリューセラたちは心配して待ってくれていた。持つべきものはトモダチだね！

で、代表者たちを再度集めてもらって、村から近いところで吸血蜘蛛《ヴァンパイア・スパイダー》が襲われていたこと、襲撃者は捕らえたが様子がおかしいこと、おそらく首謀者かそれに近い人物は見当たらなかったこと、そしてその襲撃者が持っていたナイフに妖精族が何かしら関係しているらしいことを時折あちらからの質問を受け付けつつ、報告した。

加えて今回の事件には悪魔の関与もあるようだということも付け加えておいた。

ちなみにオリアクスが悪魔だと名乗った上で関与は悪魔族の可能性が高いことを保証してくれたんだけど、妖精族たちは恐れるどころか私たちの報告に納得だと言わんばかりの反応だった。なんていうか、ちょっと驚きである。

（悪魔にビビってんのは人間族だけってか……？）

そう思ったのは私だけではなかったらしく、みんな微妙な顔をしていたよね。

ランバとエリューセラはそんな私たちの様子が不思議だったのか首を傾げていたので、疑問をぶつけてみたら説明してくれた。

悪魔族と妖精族で契約は成立しないこともないのだけれど、長命で自然と寄り添うことが多い妖精族たちはあまり悪魔族が持ちかける契約に興味がないらしいのだ。

人間ともっと近い関係を築いている種族はまた少し違ってくるらしいけど……悪魔と契約するくらいなら、精霊を頼った方が早いってことらしい。

で、悪魔族も妖精族と精霊の関係性を考えたらさもありなんってことで彼らは彼らで友好的な関係なんだってさ！

（正直、良くわかんないんだけど……遠くの親戚みたいなもんかな？）

まあ彼らがそれでお互い上手くやっているらしいのでいいんじゃないのかな、うん。

オリアクスが高位の悪魔であるということはやはりわかるものらしく、妖精族としても警戒はしているようではあったけど……同時に、そういう存在がむやみやたらと暴れないというのは周知の事実であるらしい。

「忘れちまうのが人間族の良いところで、悪いところだな」

そうランバがおかしそうに笑ったけど、こっちは笑えないわあ！　どこの文献にもそんなこと載ってなかったと思うんだけどね。

まあ、どこかの妖精族が何らかのトラブルに巻き込まれているってのは確実なので、彼らには今後周辺の警戒をしっかりとしてもらうしかないだろう。

「姉様、わたくしたちに何かできることはないでしょうか」

「何かって？」

「わたくしもこちらでランバ様とエリューセラ様に優しくしていただきましたし、お二人は姉様のご友人でもあるのでしょう？　姉様のご友人が危険な目に遭ってほしくありません」

「……イザベラ……」

私の友人だから心配だなんて発言が出てきて、私は目を瞬かせる。

大勢のことに心を砕きつつ、姉である私を優先してくれているこの妹の健気さ！

私ったら感激しちゃった！　むしろ全世界が感動してもいいレベル!!

とはいえ、今も高度な隠蔽魔法を使って森の中に潜んでいる彼らを守る方法なんて問われても、即座に答えなんて出てこないのが現実である。

「それなら、アルマから精霊に相談してみてよ。アンタ、精霊たちに気に入られてるからより強力なものにできるかもしれないじゃない」

「んー、まあ、できるかわかんないけどやってみるか」

しれっとエリューセラが提案してきたので、乗っかってみる。

そして私は彼女と共に精霊を呼び出した。

この村の周辺にいて、協力してくれる精霊はいますかみたいな簡単な呼びかけだ。

精霊たちの気配が濃い場所だからこそできるのであって、そうでない場所ならそれ相応に召喚儀式をした方がリスクは少ないよとイザベラには後で教えておかないと。

「え、あれ？」

「なんか……変じゃない……？」

だけど、なんだか勝手が違う。

エリューセラも同じように思ったのだろう、怪訝そうな顔をして私を見ていたけど……私のせいじゃないからね!?　心外だなあ、まったくもう。

そう思った瞬間だった。

『呼びかけたのは、貴女かしら？　お嬢さん』

足元に、ぴょこりと何かの植物が芽を出したと思った瞬間それは一気に育って何本ものツタとなり、それが互いに絡み合うようになって巨大な繭の形になったのだ。

そして、その中央がぱくりと割れて姿を見せたのは美しい女性の姿。

私たちの予想では、そこらへんの森にいる普通の木の精霊《ドリアード》あたりが来てくれるもんだとばっかり思っていたのに、私たちの呼びかけに答えたのはなんと大精霊《ドリュアス》だったのだ。

これには妖精たちも騒然としてしまい、私はびっくりするばかりだし、エリューセラなんて隣で腰を抜かしていた。

「おお、ドリュアスではないか、珍しい！」

『珍しく喜びの悪魔の気配を感じて来てみれば……久しいですね』

「久しいの。そなたが来てくれたなら話が早い、うちの娘に力を貸してはくれんかね？」

『……娘？　あなたの？　喜びの悪魔よ、とうとう念願を叶えたのですか』

「うむ。この子が私の最愛の娘、アルマじゃ。そしてその隣にいる……ああ、そのフェアリーではないぞ、そちらの娘がアルマの妹でイザベラだ」

『あら、あら……酔狂な悪魔と思っておりましたけれど、本当に子を得るだなんて！』

大精霊は目を丸くしつつもにっこりと笑い、私たちを確かめるようにてっぺんからつま先まで眺めて笑みを深めたかと思うと、ポン、と軽く手を叩いた。

『良いでしょう、面白いモノを見せてくれたお礼に力を貸しましょう』

えっ、面白いモノ扱いされたんですけども。

というか、オリアクスの顔が広すぎてびっくりだわ。

私も精霊が見える側の人間として、大精霊という存在については普通の人より詳しいと自負している方だけど、どう見てもオリアクスとドリュアスの関係は親しげだ。

ちょっとした知り合いとかそんな感じじゃなくて、軽口叩いて笑い合えるトモダチみたいな感じで今もお話ししているんだからあれはもうお友達でしょ、間違いなく。

ちなみに私は水の大精霊と契約しているんだぜ！

じゃあなんでその力を借りないのかって話だけど、この村で役立つのっていえばやっぱり隠蔽魔法じゃない？　そうなるとやっぱり近隣の土地に適した精霊ってのがいるもんでさ。

この村でもドリアードの力を借りて、精霊魔法と併せて隠蔽を強めているのだ。

だからこの辺にいるドリアードと私が契約して、現状ある隠蔽結界の更に外側に結界を張る方法を探ろうとまあ、そんなつもりだったんですよ。

（大精霊か……こりゃまた思った以上にハードだなあ）

自然そのものである彼らと契約を交わすというのは、心の一部を通い合わせるという荒行でもあって、得られる力の強さは莫大だけれど契約する側にもリスクが大きい。

それでも滅多にない、あちらから『力を貸す』と自発的に言ってくれているこの状況に乗っからなくては〝青真珠〟の名が廃る!!

私が一歩前に踏み出したのを確認して、ドリュアスは美しく微笑んだ。

『オリアクスの娘たち。覚悟のないものに越えられぬ距離をよく踏み出せました』

大精霊は、ただの精霊じゃない。

彼らはいつだって私たちを試すのだ。自然の一部である彼らの力を貸すに値する者であるか、自分たちを屈服させるだけの力があるか。

それでもまあ、今回は随分と優しい方だったんじゃないかな。オリアクスの娘という点と、自ら力を貸してもいいと言ってくれたことが理由だろう。

（それでも精神を揺さぶってくる系ってのは、エグいけどね！）

確かに精霊の中にはメンタル系に強いやつもいるって聞いてはいたけどさ！

しかし、私は契約に関して経験者だ。

水の大精霊には随分と痛めつけられたこともある。

だから、経験者だから簡単に越えられた。

ドリュアスの言う、覚悟のないものには越えられない……そんな精神的な結界みたいなものを。

今、私の隣には……真っ青な顔色をしたイザベラがいる。

「イザベラ」

「姉様だけに、ご負担を強いるなどできませんわ」

私の声に、顔だけ向けてにこりと笑う。

気丈に、真っ直ぐに綺麗な姿勢でドリュアスの方へと視線を戻したイザベラの姿に、私は言葉が出ない。なんて、ああ、なんてかっこいいのかしら。

「わたくしは、冒険者アルマの妹ですもの」

しかもこの発言ですよ！

やだ……うちの妹、可愛いのにこんなにもかっこいい……！

誰だよ、悪役令嬢なんて呼んだヤツ!!

むしろヒロイン街道まっしぐらじゃない、どっからどう見てもうちの妹がヒロインでしょ！

『それでは貴女たち姉妹と契約をいたしましょう』

感激している私をよそに、ドリュアスによる契約の儀式が開始された。

地面が淡く輝いたかと思うと、私たちの足元に魔法陣が現れる。

私は咄嗟に、イザベラの手を摑んでいた。

「ね、姉様」

「大丈夫、……私がついてるよ」

何ができるってわけでもないんだけどね！

ドリュアスと私たちの感覚が繋がる——それはすなわち、大自然と一時的に、本当にほんの僅かだけれど繋がるのと同じだ。

それはちっぽけな人間という身ではあまりにも大きなもので、理解できない情報が濁流となって痛みと苦しみになって押し寄せ、それに抗おうとすれば引き裂かれるような気持ちになるのだ。

実際のところは私とイザベラは契約の陣でただ立っているように見えているに違いない。

私はその流れを受け入れる。そして、隣にいるはずのイザベラの手を、しっかりと握った。

そして握り返されたのを理解した瞬間、視界が開ける。

空に、大地に、雨に、風に、あらゆる世界を今の私たちは感じ取ることができた。

『さあ、貴女たちはどうしたい？』

囁くようなドリュアスの声が、近くで聞こえた。

イザベラが瞬くのを、私も感じる。

今、私たちは感覚を共有しているのだろうか？

手を繋いでいるからかもしれないし、ドリュアスを経由してのことかもしれない。

「悪意ある者たちに見つからぬよう、ここを隠したいのです」

イザベラの声が、聞こえた。

瞬間、視点が変わって空の上からこの村と、少し離れたところにある精霊村まで見えた。

「親切にしてくださった皆様が、傷つくことのないように」

その純粋な、優しい願いにドリュアスが応じるのを私はただ、見ていた。

いや、なんかここで口出しするのも無粋かなって思ったので……。

魔力が足りないとかそういうこともなく、ドリュアスとイザベラの魔力が混じったものが森中に広がるのを確認した途端、私たちは元通りになった。

「イザベラ！」

意識がはっきりした瞬間、私は即座に動いていた。

隣にいるイザベラが、ぐらりと体をふらつかせたのだ。予想していた。

だって、この子は違うのだ。

いくら聖女としての訓練を経験していて、どれだけ優秀だからといっても初めての精霊契約、しかも大精霊。契約できただけでも超優秀と褒め称えられるべきなのに、それだけでなく隠蔽と感知の結界を木々に施すという荒行をしてのけたのだ。

いや、一応私もその辺は細々と補助したので負担は減っているはずだけど……それでもおそらく普通では考えられないことを成し遂げたのだ、イザベラは。

「……お疲れ様」

そんなこんなでイザベラは、疲れ切って眠ってしまったというわけだ。

もうこれ気絶って言った方が正しいんだろうけどね。

オリアクスが「さすが私の娘たちだ！」とかなんとかすごく喜んでいるのが聞こえるけれど、こっちはそれどころじゃないわ!!

まあそんなこんなで妖精族たちにはくれぐれも行動に気をつけるよう念を押して、私たちは一旦精霊村に戻ることにした。

イザベラをゆっくり休ませてあげたいけれど、残念ながら人族向けの寝具はないって言われちゃったからね……小人族はサイズが合わないし、ピクシー族とかアラクネ族はもう体型的な問題があるからさ……。

結局、妖精族が使う秘密の転移魔法陣を使って精霊村まで移動させてもらうことになったのだ。

あまり外部の人に知られたくなかったものだろうけど、私たちに関しては恩人だということで今後も自由に使っていいとお墨付きまでもらった！

「いやあラッキーだったな」

「ディルムッドに関しちゃ何も役に立ってないのにね！」

「そう言うなって」

イザベラが私におぶさる形で、転移魔法陣から精霊村に歩く。

少しだけ距離はあるけれど、そこまで遠くもない。

今頃、マァオさんが心配しているんじゃなかろうか？

思った以上に時間がかかってしまったからなあ。着いたら、私も少し休ませてもらおう。

さすがに大精霊との契約をしつつイザベラの負担を減らすよう魔力を展開したことで私だって少しは……正直なところ、結構あれこれ消耗しているのだ。

「……しっかしイザベラの適性がすごすぎて笑っちまうな。さすがはお前の妹ってところか」

「本当にね。あの子なら大精霊だけじゃなく、精霊王とも契約出来るんじゃない？」

「ふうむ、それはあり得るかもしれん。あのドリュアスは大精霊の中でも特に古参。今の精霊王に何かあれば、アレが次代を担うであろうし……」

「えっ、本当に？」

精霊ってそういう風に王様を決めてるんだ!?

いやまあ、精霊王ってのが私たちの考える『王様』ってのとは違うことくらいは理解しているけど……彼らには彼らのコミュニティみたいなものが存在しているってことしかわかっていないってのが正直なところだ。

なんせ、あまりにも情報が少ない。

下位精霊は意思疎通ができるっちゃあできるけど、自由奔放そのもので難しいことは我関せずだし、中級くらいからはもう少し詳しい話もできる感じだ。でも、契約に選り好みが出てくるお年頃でもあるので、彼らに選ばれる契約主ってのは少数になってしまうのである。

冒険者の知り合いで、契約者を何人か知っているけど……、研究したがる学者とは相性が悪いのかそういう人たちではあまり見たことないねえ。

大精霊に至っては精霊界について知らないことがないってくらい情報通だろうけど、命がけの契約だし、相手にしてもらえる可能性そのものが低いからな……。

悪魔と精霊は似たような存在であるとオリアクスが言っていたように、基本的に彼らは彼らのルールに則《のっと》って行動している。

たまに人間と関わるけれど、それはあくまで彼らにとって興味があったからってだけで……こちらが望んでいるかどうかとか全く関係なく、関与してくることもあるしね。

（ただまあ、悪魔と違って人間の感情とか、世情に全く興味がないんだよな……）

ある意味、興味や好意があればこちらが望まなくても助けてくれたりするわけで。

逆に言えば、助けたいとかそういう感情もないからあっさり切り捨てられちゃうんだけどね。

精霊たちにとっては自然の摂理だけが全てで、滅びすらもそれが定めであるならば受け入れるってスタンスだもの。

（そういやあの小説だと、精霊に関することはそんな出てきてなかった気がするな）

聖女とか悪魔とか、そういうワードはちりばめられてたんだけど。

ふとそんなことを考えている間にも、私たちは精霊村に到着した。

「あらあらまあまあ」

戻った私たちを見て、マァオさんは目をまん丸にして驚いたけれどすぐに中に入れてくれて、お茶も用意してくれたよ。私も休みたかったけど、一旦イザベラを寝かしつけてからリビングに集まって今後のことだけざっくり決めることにした。

「とりあえず情報を整頓しよう」

テーブルの上にはマァオさんが作ってくれた例のお弁当。

食べる暇がなかったからね、今いただくことにしました。美味しい。

「まず第一に、娯楽小説が預言書であるという考えを持つ連中が存在するということ。それと今回の吸血蜘蛛《ヴァンパイア・スパイダー》を無差別に狩る者たちとの繋がりは不明だ」

「妖精族たちも不穏な気配を察しているということ、それにあのナイフに残る妖精族の残留思念のようなものから考えて、まあどっかで繋がってそうではあるが……これも確証はねえな」

「ふむ、あの人間を支配した悪魔については少々心当たりがあるのでそちらは私が請け負うとするが、直接ヤツを引きずり出してこの場で正直に吐かせるのがいいのか悩みどころであるね……しか

し、娘のためとはいえもしそやつが契約者の望みを叶えているのだとすれば、悪魔族として契約に反した行動はさせられぬなあ」

「なんか言い方が物騒なんだけど」

「おや、そうかね？　気をつけるとしよう」

引きずり出すとか吐かせるとか、オリアクスって時々物騒なことを言い出すんだよね！

これがデフォルトだとしたら……悪魔族ってやっぱり怖くない？

一方的に契約主を定めて力を押しつけてきた大精霊もだけど、やっぱりこう、価値観の違いを感じるわあ。

「まあ、悪魔についてはオリアクスが話を付けてくれるとして……だ、作者についてはどうする？転生者だとして、目的は何だ？」

「……そもそも、本にしたってだけで作者が扇動したかどうかも不明だしな」

「結局その真意を探るには、作者を探すしかないのかなあ。だとすれば、出版社あたってみる？」

やはり本として世に出回っているんだから、それを作り出しているところから調べるのが一番早いだろうと思うんだよね。

しかし当然その考えは二人だってわかっている。ディルムッドが首を振った。

「そっちは以前、あの国で起きた出来事と酷似した内容だったんでな、ちょいと調べてみたんだが……どうやら自費出版ってやつらしい」

「自費出版？　それじゃあ冊数がそもそもそんなないんじゃないの、よっぽどお金持ちの道楽ならともかく……逆に目立つんじゃないのかな」

「本人が金持ちか、パトロンがいるのか、どちらにしろ作者を守ることができる程度には資本があるんだろうよ。……量自体はそんな出回ってねえから、レア扱いされてるのも確かだ」

「ふうん……」

ディルムッドが仕事してる！　働けばすぐに結果が出せる、これがジュエル級冒険者の実力ってやつなんだねえ、私とは大違いだな。さすが先輩！

頭脳労働はフォルカスが担当っていうスタンスのディルムッドだけど、やっぱり基本的にこいつも頭の回転が普通の人より早いんだよねえ。

しかし、ある程度の金持ちでそういうことをしてそうな人を探る、か。

信頼できる情報屋に片っ端から連絡をとってみるしかないだろうか？

そう思ったところでフォルカスが難しい顔をしていることに気がついて、私は小首を傾げる。

「フォルカス？」

「……アルマ、少しいいか。ついてきてくれ」

「え？　ええ、私はいいけど……」

二人に聞かれたくない話か？

そう思ってちらりとオリアクスとディルムッドを見たけど、彼らは気にしていないのか、いやむしろ応援するかのように、ニヤニヤ笑って手を振ってくるじゃないか。

ちょっと、空気読んでくれないかなあ!?　そういうんじゃないよ!?

私たちはマァオさんに一声かけて、外に出る。

精霊村は元々夜間に外出する人も少ないからか、とても静かだ。

小さな精霊たちが遊ぶように飛び回り、その光がまるで蛍のようにキラキラしていて幻想的。

後でイザベラが起きたら、夜の散歩に誘ってあげてもいいかもしれない。

「アルマ」

「あ、うん」

「転生者で、その本について……知る者を、私も知っているかもしれない」

「え？　そうなの？」

フォルカスの唐突な発言に、私は思わず立ち止まって彼を見上げた。

彼は珍しく苦々しい表情を見せて、深い深いため息を吐き出した。

「私の、妹だ」

「へえ、妹さん」

フォルカスの言葉に暢気《のんき》な相槌を打って、私は理解する。

頭がそれを理解して、初めて驚いた。

「……って、えええ!?　妹さんが転生者なの!?」

「……そうらしい。というのも、本人の言葉だけなので我々には知る由もないからなんだが……」

フォルカスには弟と妹が二人ずついるということは耳にしている。

彼から見て一つ下の妹、それから二つ下になる双子の弟、そして末っ子である四つ下の妹だったはず。そしてフェザレニアの女王である母親と、その右腕として名を馳せた王配である父親……だけど、彼の父親は末っ子が生まれた頃に病死したって話だ。

家族仲は良く、すぐ下の妹がしっかり者で助かるとか、双子の弟がヤンチャだとか、一番下の妹が特に懐いてくれて……という話を以前ちらりと酒の席で聞いたことがあったけども。

あったけども!!

酒の席だったからいつもよりも饒舌なフォルカスが少し困った風な、それでいて懐かしむような表情で家族について語るのがレアだなあって思ってしっかり記憶に焼き付けてますけど!?

(確かにあの時も『妹がちょっと変な言動で困っているけれど、物理的に距離もあるし次に国元に戻った時には落ち着いていていてくれたら嬉しいなあ』的なこと言っていたね!)

それがまさか、〝ちょっと変な言動=転生してるから〟とは誰も思わないでしょう。

いや、多分フォルカスだってそれまでは思っていなかったのかもしれない。

転生者ってのはオリアクスが当たり前のように言っているだけで、私たちからしてみればあまりにも聞き慣れない言葉のはずだから。

私がまさにその転生者なんですけどね!!

（意外と転生者、この世界にいすぎ疑惑……？）

私は言わずもがな、マルチェロくんはまず間違いなく、この世界……というか、イザベラが出てくる悪役令嬢の物語について知っていた。

では、フォルカスの妹……フェザレニアのお姫様はどうなのかって話になってくる。

「え、ええと……フォルカスの妹さんって、ちょっと変わっているって言ってたよね……？」

「ああ。昔から『自分は転生者だ』と言って憚《はばか》らず、『自分こそが続編でヒロインを導く役目だ』とも言っていたんだ。母上も私も、妹はなにかの物語でも読んで、その……ごっこ遊びでもしているのだろうと笑っていたんだが……」

（ごっこ遊び、ねえ……）

まあ、近いものはあるんじゃないだろうか？

漫画なり、小説なり、とにかくストーリーを知っていて、なおかつ好んでいた場合、応援していたヒロインを導く役目に転生したらテンションだって上がるだろう。

まあ、それを表に出す出さないは本人の性格次第ってことなんだと思う。思いたい。

それに、フォルカスとフェザレニアの女王様の対応だって別に変だとは思わない。

小さい子供がヒロインがどうのこうの言い出したら、大体周囲の大人はなにかの本を読んで影響を受けたんだろうって思うだろうし……まさか本当に転生者とは思わないだろう。

（色々情報を集めた結果で考えたら、転生者って存在そのものが眉唾モノって言われるくらい低確率なんだと思うし……）

だから、ごっこ遊びを子供がしているって周りが思っても私としてはしょうがないよね、そういうもんだよねくらいにしか思えないかな。

フォルカスは多分、そんな風に流さずにちゃんと向き合えば良かったとか思ってそうだけど。

私の感覚で言えば、前世のテレビなんかで見た魔法少女とかに憧れる女の子を知っているので、そういうもんだろうっていうね。おもちゃのステッキとか持ってる子はやっぱり人気者だったイメージですよ、うん。

ちなみに私は特撮ヒーロー派だったよ‼

弟を怪人にしたり、時々父親を怪人にして姉弟で戦うとか、うん、お転婆だった。

それはともかく！

「きっとそういうごっこ遊びは幼い頃だけのもので、成長と共に次第に落ち着いていくだろうと……私や母だけでなく、他の弟妹たちも思っていたんだ。末の妹ということもあって、私たちも随分甘やかしてしまったせいか、その、少し奔放なところがあって……」

どうやらフォルカスの言い訳めいた言葉によると、その末の妹さんはマリエッタという名前で、活発な女の子であり……そして家族からは夢見がちな子と思われていたそうだ。

王族としてはもう少し淑女らしくしなさいと注意はするものの、基本的に末っ子ということで王位が回る可能性も低いため、比較的自由にさせていたらしい。

礼儀作法や勉強は嫌がるもののきちんとやっていたし、その転生者発言以外は普通の子供と何も変わらないこともあって、病気だとか妄想とまでは家族も考えなかったんだそうだ。

「きっとただのごっこ遊び、そう思っていたんだが……今この状況を考えると、マリエッタが口にしていた話は、今の物語と何か関係があったんじゃないのかと思ってしまう」

「……でも、その内容をフォルカスは覚えていないんでしょ？」

「そうだ。だが、無闇に探すよりも可能性が高いところから行く方が合理的だ」

「確かに、それはそうね」

合理的と言えば確かに合理的で、フォルカスらしい発言だ。

だけど私をわざわざ呼び出して聞かせるのだから、きっと何か意味があるはず。

そう思ってフォルカスをじっと見つめると、彼は珍しく視線をさまよわせて、それから覚悟を決めたようにこちらを見た。

「妹の件はみんなに話すつもりだ。問い質《ただ》すにしても私だけ行くかどうかは相談してから決めたいと思うが、先にアルマに知っていてほしいことがある」

「知っていてほしいこと……？」

なんだろう、重大なことなのだろうか。

私が思わず身構えてフォルカスの言葉の続きを待っていると、彼は大きなため息を吐いて視線を落とした。それは、なんというか……落ち込んでいるようにも見えて、あれ？

「妹は、さっき話したこと以外にも色々問題がある。困ったヤツなんだ」

「……は？」

「あの子は何故か、私に対して家族の情以上のものがあるのだと訴えてきていたんだ。幼子が父親に抱くような感情と似たものだろうと思って私も流してきていたのだが、段々とそれが苛烈になってきたというか……」

フォルカスによると、彼の父親が早くに亡くなって、王配の協力がなくなってしまったことで女王様は産後の辛い中、早々に執政に戻らねばならなかった。

そのため、長男であるフォルカスが弟や妹の面倒をみることになった。竜の血を継ぐ者たちなので、いつフォルカスのように発現するか分からない以上、乳母や侍従はある程度成長してからつくものだとかなんとか……。

まあ、そんな事情もあってフォルカスと末の妹との距離が一番近かったのだろう。父親代わりの兄として心を砕いて一生懸命世話をしたのだという。

ところが、末の妹はそんな彼に対して何度も告白をしてきたのだとか。

初めは小さい子供の『将来お父さんのお嫁さんになる！』的な発言だと微笑ましくも思ったそうだけれど、段々とそのアピールが酷くなってきて対処に困ってしまったんだとか。

それでフォルカスは先祖返りの件をいいことに、とっとと国を離れた……そういうわけらしい。

「正直、落ち着いてくれていなかったらと思うと、国元に帰るのが億劫《おっくう》なんだ」

「そ、そうなんだ……？」

「私にはアルマがいる。それはたとえ、家族に反対されようと揺るがない。……が、妹が心ない言葉をアルマに向けたらと思うと……」

家族だろうと番《ツガイ》にそんな真似をするヤツは許せないってトコか。

それとも、家族だからこそ、かな？

後は、妹さんの言葉を私が真に受けて、傷心しないか心配ってことらしい。

いやうん、それはないね。こちとら鋼の精神とまではいかないけど、一応冒険者としてある程度暴言を吐かれるとかそういうことも経験あるからさ。

今更ちょっとしたことで傷つきはしてもそれで心が折れるなんてことはないだろう。

……まあ、そりゃ、ないけどさ。

(転生者って変なヤツばっかだな!?)

そんな風に思っても、仕方ないと思わない？

幕間　かたちづくるもの

淡い光が足元に浮かんだのを見た後、わたくしのこころは何が何だかわからないままに引きちぎられるかと思いました。

精霊とは、自然界から余剰に放出された魔力の塊に知性が宿ったもの。

カルマイール王国にいた頃そのようにわたくしは、学びました。

婚約破棄からの追放を経て、アルマ姉様の元に引き取られたわたくしは、それが学者たちによる説の一つにしかすぎず、カルマイール王国ではそのような理解だったのだと知っています。

あの王国において精霊やその魔法を行使する人間はほとんどおらず、またいても少数であったために重要視されなかったこともその原因だったのでしょう。

知識として一応知っておけばいい、そのような扱いだったように思います。

ですが、わたくしは人間にはまだまだ理解の及ばぬほどに不思議な存在であると知りました。

知っていても、己はただ知っていただけなのだと……そう言わざるを得ません。

『精霊は自然と同じ。私たちの思い通りにはならないよ』

魔力について教えてくださる中で、姉様はそう仰っていました。それがいつだったかはもう思い出せませんが……世間話のついでだったかもしれません。

そのくらい、姉様はわたくしの知らないことをたくさん聞かせてくださるのです。

わたくしはいつだって姉様の話を耳にして、そうなのかと見識を改めると共に、視野の狭かった己を恥じるばかりなので……。

（ああ、教えてもらっていたのに！）

精霊と契約するということは、自然を受け入れること。

その中で、自分を保つこと。

力が強い精霊になるほど、大変だと先に聞いていたにも拘《かか》わらずわたくしは……大精霊との契約の場で、己を見失い始めていたのです。

（わたくしは、ちっぽけなんだわ）

貴族令嬢として、王族に望まれた娘として、聖女として……そんな肩書き一つ一つが、一体何の役に立ったというのでしょう。

自然が持つ、荒れ狂う嵐のような……膨大な何かを受け入れるには、わたくしはなんとも未熟で、弱くて、ただ一人の人間であると思い知らされたのです。

なんとちっぽけなことでしょう。

わたくしは、己が何者であるかもわからなくなるほどに、膨大な力の前にただ為す術もなく放り出されただけだったのです。

何故、できるなどと思ったのかわかりません。

アルマ姉様の傍にいて、思い上がっていたのでしょうか。

(ああ、わたくしが……わたくしでなくなる)

わたくしは、誰だったのか。

どうして、何をしたくて、どこに行こうとしていたのか。

『　イザベラ　』

小さく聞こえたその声に、わたくしは閉じかけた意識が浮上するのを感じました。

感覚などとうに失せたと思っていたのに、わたくしの手に伝わる温もりがあるではありませんか。

(アルマ、姉様？)

姉様が、わたくしの傍らにいてくれるなら。

わたくしが、わたくしである理由をくれた女性《ひと》。

(姉様が、呼んでいるわ)

自分が誰なのかを忘れてはならない。ならば、わたくしは。

わたくしは……冒険者アルマの妹です。

それをハッキリと意識した時、視界が開けました。

空に、大地に、雨に、風に、あらゆる世界を今の私たちは感じ取ることができました。こんなにも自然を身近に感じたことがあったでしょうか。なんと鮮やかなのでしょう。

『さあ、貴女たちはどうしたい？』

囁くようなドリュアスの声が、わたくしのすぐ傍で聞こえました。

わたくしの隣には、変わらず姉様がいました。そちらを向かずとも、姉様がわたくしを心配そうに見ていることも不思議と感じ取ることができました。

今、私たちは感覚を共有しているのでしょうか？

わたくしは今、ドリュアスであり……ドリュアスはわたくしなのです。

ああ、なんて不思議なことなのでしょう！

「悪意ある者たちに見つからぬよう、ここを隠したいのです」

わたくしは、願いを口にしました。

瞬間、視点が変わって空の上からこの村と、少し離れたところにある精霊村まで見えます。

精霊たちはいつもこのような視点で物事を見ているのでしょうか？

まるで違うその光景に胸躍るよりも前に、それが当然のような感覚に、わたくしはドリュアスに引きずられているのだと知りました。

だけれど、わたくしがわたくしでいられるのはきっと、姉様がずっとわたくしの手を握ってくれているからなのでしょう。

「親切にしてくださった皆様が、傷つくことのないように」

それは、こころからの願い。

アルマ姉様を通じて知った世界、そして繋がり、人の優しさ。

わたくしには、かけがえのないもの。

そして、わたくしを象《かたど》るもの。

ドリュアスが願いを受けて、わたくしの代わりに魔力を広げるのを確認してわたくしは意識を手放しました。

眠くて、眠くて。

キラキラと、魔力が輝きながら森に満ちていくのを見ていたら、抗えない眠気がわたくしを襲ったのです。最後まで見届けなければいけないのに。

「イザベラ！」

わたくしを案ずる、アルマ姉様の声が聞こえてきました。

大丈夫ですよ、心配をかけてごめんなさい。

そう言いたいのに、それを口にしようにもあまりに眠くて、唇どころか体全体が動かなくて倒れてしまったのです。

それでも痛くなかったのは、きっと姉様が抱き留めてくださったのでしょう。

「……お疲れ様」

姉様、姉様。

わたくしは、ちゃんとやれたでしょうか？

姉様の、自慢とまではいかなくても。

冒険者アルマの妹として、恥ずかしくないようにやれたでしょうか。

目が覚めた時に褒めてもらえるだろうかとふと思いながら、わたくしは眠りの中に堕ちていったのでした。

幕間　父と娘のエトセトラ

（ふうむ、ちょっと見ない間にまた大きくなってしまったなあ）

オリアクスは、窓の外にいるアルマとフォルカスの姿を見て目を瞬かせる。

彼にとって人間の命は、あっという間に消えてしまう儚い灯火のようなものだ。

それは自然の理の一つであり、悲しみを覚えることはあっても捻じ曲げたいとは思わない。

彼の悪魔としての経験上、短い命を惜しんで必死に延命を訴える人間を何人も見てきたが、同時に短い生を大切にする人間も見てきた。

アルマは、寿命の面でいえば普通の人間と同じなのだろう。

少なくとも母体は人間であるし、その胎から生まれる子供は人間と同じであるようにと彼も計算して作り上げたのだ。そういう意味では成功であった。

（赤子の頃から愛しんでやりたかったのだがねえ）

そればかりは今も悔やまれてならない。

契約の結果に得ることができた理想の母体、そこに宿った命に見えた魂という存在。

それがどれほど彼を高揚させ、幸福をもたらしたかは筆舌に尽くしがたい。

アルマは〝悪魔は魔法生物のため、人間との生殖はできない〟という事実を知っているがゆえに、今でもオリアクスが父親だと受け入れてくれてはいない。

ただ、彼女は頭ごなしの否定をせずに、そういう可能性があるのだろうかと思案しているようでその思慮深さはオリアクスからしてみると、大変好ましい成長だ。

いかに己の子だとわかって、無条件に愛しく感じているのだとしてもあまりに愚かではその愛情もいつかは枯れ果ててしまうかもしれないではないか。

とはいえ、父親かどうかで悩むアルマに対してオリアクスは魂の色を見ただけで彼女との繋がりがわかるだけに、少々もどかしさも覚えている。

待つことは慣れているし、その感覚も新鮮なので楽しいがやはり早く〝親子〟になりたい。

オリアクスは遠目に見る娘の姿を見つめながら、目を細めた。

(目だけでも、悪魔のそれにしておくべきであったか)

生まれる子供が苦労しないで済むように、五体満足無事で生まれるようにと人間の母親なのだから人間であるべきだとそう思ったのだが、こんなことになるとはオリアクスも予想していなかった。

(生まれた直後から我が輩が手元に置いて育てるつもりだったからねえ……)

予定が狂ってしまったことが、悔やまれてならない。

だが今更それをどうこう言ってもさすがの彼も時間を遡る魔法は使えないし、使うつもりもない。

何故なら、今の〝アルマ〟は十分に愛すべき娘だとオリアクスは考えているからだ。

彼が、人間という種に興味を抱いたのは悪魔としての頭角を現してすぐであった。

オリアクスという名をつけたのは、彼を拾い育てた養い親の悪魔である。

魔力が強く、実体を持つ彼を拾ったのもまた、実体を持つ悪魔であった。

故に人間の世界に召喚されなくとも、彼らは気軽に人間界を訪れては自由気まま、好き勝手に過ごしていたものである。

そんな中でオリアクスは人間をよく、見ていた。

下級の悪魔たちは彼らの感情を揺さぶり、契約の果てに魂を得る。

大体が他者の不幸を望んだり、誰かの上に立つために踏み台にしたりと負の感情を生み出しやすい願いを持ちかけてくるため、なるほど下級悪魔にとってはご馳走の宝庫といったところか。

オリアクスとて、生気溢れる人間の世界にいて空腹を感じないわけではなかった。

それでも、彼らをむやみやたらと傷つけて悲鳴を上げさせ、傷ついた魂から流れ出る生気を啜《すす》りたいとはただの一度も思ったことがないのである。

『悪魔としては、異端だね。だが面白くていいと思うよ』

養い親は、そう笑っていた。

異端。そう言葉にして繰り返したオリアクスは、それならば自分は人間たちの何に惹かれているのだろうと思案する日々を迎えたのである。

悪魔としてのルールは簡単、力あるものが弱きものを統《す》べるのだ。

統べることを望まないのであれば、争わぬことである。

無関心を貫くこともまた自由、それが悪魔の社会だ。

そういう意味では人間が作り出した社会とはまるで違う、そこに興味を持ったのだろうか。

だがそれでは心が納得しない。

オリアクスが首を傾げて悩む視線のその先で、一組の夫婦の姿が見えた。

二人とも幸せそうに互いを見て笑い合うその姿に、何故だか目が離せない。

女は、子を身ごもっているようだ。

そう、何故だか目が離せなかった。

養い親がそこに飽きて旅立とうとも、オリアクスはその夫婦を見守るために留まった。

ただただ、観察を続けた。

そして、男が生まれてくる子供を喜ばそうとしている姿に、目を細めた。

小さな花束、おそらく女が好きなのであろう食べ物、大きくなったお腹で苦労して歩くその背を労るように支える姿……それらの全てが、オリアクスの胸を満たす。

それは、飢えを満たすというよりは、空虚な何かを埋めていく、そんな感覚だ。

夫婦を観察するために、それだけの理由でオリアクスは人知れず彼らを守っていた。早く子供が生まれないだろうか、わくわくしている自分に彼はそっと驚いたものだ。

そして、オリアクスが見守り続けて数ヶ月、夫婦の元に珠のような子供が生まれる。

『生まれた！　ああ、なんて元気な子だろう。なんて可愛い子なのだろう！』

手を取り合い、笑い、喜び合う夫婦の魂が輝きを増したのを見て、オリアクスは目を瞬かせた。

あの夫婦の喜びがこれまでにないくらい、オリアクスを満たしたのだ。

負の感情こそが悪魔にとって食事だなんて言われているし、実際それらが近くにあれば確かにオリアクスが空腹を感じない程度に満たされた。

だが、それだけだった。

それだけだったのに、強いこの、喜びの感情ときたらどうだろうか！

時間がかかり、非効率的だ。

実際、喜びの感情だってそこいらに溢れている。それでも負の感情の方がもっ、と、ある。

それでも、オリアクスはもう迷わなかった。

喜ばせよう、ああ、どうやって？

それを考えることすら楽しくて、オリアクスはそれから人間に交じって暮らすようになった。

だが、その中で次第に物足りなさを覚えたのだ。

贅沢になったのだろうか。

そう養い親に問えば、彼は少し考えてこう答えた。

『人間は。命を、育む。愛し、愛され、繋いでいく。限りある短い命を持つゆえの生態だが、だからこそ命のきらめきが強いのだろうね。お前はそれがほしい、ほしいのかい？』

養い親に教わった、人間のように命短い実体を持つ生物の生態。

言葉にしてみれば味気なく、さりとてオリアクスにはそれが真理のように思えたのだ。

ほしいのか。ああ、そうだ、ほしかったのか。

彼は、人間と同じように我が子がほしいとハッキリ理解した。

そうして、アルマを得るまでにどれほど失敗したのかはもう覚えていない。

少なくとも、オリアクスと親しくする竜や精霊たちからは呆れられる程度には試行錯誤を繰り返したことは理解している。

無理難題であると自身よりも物知りな連中に言われても、オリアクスは諦めきれなかったのだ。

そして、それは今、彼の目の前にあるのだ。

「さあて、もうこれよりは離れてなるものか。ようやく我が子をこの手で喜ばせる日を迎えられそうなのだからね」

初めて接触した時から、彼女に拒まれない程度に様子を窺い続けた甲斐があった。

アルマからオリアクスを呼んでもらうことに成功したのだ。

後は彼女の信頼を勝ち得て、父と呼んでもらうだけ。

（ああ、楽しいねえ！）

退屈な日々は、終わりを告げる。

養い親が遠くで呆れたように笑ったような気がしたが、オリアクスはアルマを見つめるだけだ。

その眼差しはどこまでも、どこまでも、煮詰めた蜂蜜のようにとろりと甘やかであった。

第三章　妹は妹でも、違うんだよなあ！

フォルカスから衝撃的な話をされた翌日。

目覚めたイザベラも交え、マァオさんが作ってくれた朝食を囲みながら私たちは今後について全員で話し合った。何故かオリアクスもいた。

そしてとりあえず黒竜帝に相談も含めてやはりフェザレニアを目指すべきだろうと決定したんだけど、あれ？　オリアクスもナチュラルに一緒に行く気だね……？

いやうん、いいんだけども。

ディルムッドとフォルカスも反対する様子はないし。

（まあ、最初の目的だったイザベラに精霊を見せるってのは達成できたし……）

その後は精霊村を出立する前に雲羊の谷に行ってヴァンデール爺さんから糸を買った。そしてその足で妖精村に寄り、アラクネたちにイザベラの防寒具を編んでもらうことにした。

途中の町とかでも買えるけど、可愛い妹には最高のものを揃えてあげたいじゃない！

わかるかなあ、この姉心！！

ちなみに完成した品物は、鳥便で届けてくれるらしい。

妖精族御用達の宅配便ってヤツである。送りたい相手の魔力を追うってことらしいんだけど、なるほど道理でエリューセラが私に対し、道具に魔法付与《エンチャント》していけって言ったわけである。

そういう意味で鳥便は便利だけど、鳥だけに途中で襲われたりするんじゃ……って思うところだろう。ところがどっこいその鳥ってのが冒険者たちの中で触れてはならない存在に分類される怪鳥だったりするんだよね。

いやあ、『ソイツが行くから攻撃するなよ』ってランバに忠告されたけど、普通ね、そんな怪鳥がお荷物宅配するなんて思わないからね……？

どうしよう、町中だったりしたら。モンスターの襲撃と間違われないかしら。

（それにしてもフォルカスの妹が転生者か……）

しかも話を聞いた限り、フォルカスにご執心の模様。

血の繋がった兄妹だから恋愛関係には発展しなかったし、フォルカスが長男としての責任感が強いこととか、先祖返りの特性で自分の番《ツガイ》として適した相手が現れるまでそういう欲が少なかったのが良かったのかもしれないけど……こうなってくると、問題は番《ツガイ》……つまり、私を連れて行くってという部分がどう出るかってところだよねえ。

フォルカスへのブラコンを拗らせたままだったりすると、顔を合わせた途端に『どこの馬の骨ともしれない女に兄を譲る気はない』とか小姑とのバトルが始まったり始まらなかったり？

それを考えると若干めんどくさ……いやいや、胃が痛いなあ！

（転生者だから兄妹とかの倫理観が薄かったのか、それとも元々の気質なのか。フェザレニアでは兄妹での結婚は禁止しているはずなんだけど）

国によってはある程度その辺、異性ならオッケーくらいの緩いところもあるからね。

フェザレニアはそうじゃないので、そうなるとフォルカスの妹さんはかなり異色の存在では？

まあ、妹さんが幼いうちは彼が言っていたように『小さい子供が親族に対して好意を抱く』傾向ってことで済むんだろうけど……今はどうなのかな。

（今も変わってなかったら、絶対面倒なことになるよねえ。妹は妹でも、うちの可愛い妹とは全然違ってとても厄介そうだ……）

よそ様の妹にそんなことを思ってはいけないと思うんだけども！

思わずうちの可愛い妹の方へと視線を向けてしまうのは、仕方ないと思うんだ。

私と視線が合った瞬間、イザベラはにこりと微笑んでくれた。

それにほっこり癒されつつ私はそのイザベラの隣に座るオリアクスに視線を向ける。

今、御者台には私たちが三人、横並びに座っているのだ。

勿論余裕はあるけど……どういう状況だコレ。

「で、オリアクスは何を当然のように私たちの馬車に乗っているのかしら」

「そこは『お父さん』だろう？　アルマ」

「いいではありませんか、姉様。実際のところがまだわからないとはいえ、オリアクス様は少なくとも我々の味方なのでしょう？」

「いやまあ、そりゃそうなんだけども」

「わたくし、もう少し悪魔の世界についてお話を伺いたいと思いましたの。オリアクス様は快く引き受けてくださいましたのよ。姉様もご一緒にいかがですか？」

「……それじゃあまあ、そうしようか」

可愛い妹にそんなおねだりをされたら断れるはずがない！

まあ、私だって悪魔の世界にはちょっと興味があるしね。

そもそもオリアクスが私の父親だっていうことも、本音を言えば疑っちゃいないのだ。

ただまあ、ある程度の年齢になって出てこられても、こちらもどう接していいかわからないっていうか、実感が湧かないっていうか……嫌いなわけじゃないし、かといって大喜びでハグするほど嬉しいかって問われると微妙なところ。

（まあ、これを機に色々話をしてみるのもいいかな）

そんな中、少し小腹が空いたなあと思ってマァオさんが出掛けに持たせてくれたバスケットの中からサンドイッチを取り出したところで、私は首を傾げた。

勿論イザベラにもとってあげたよ！

「そういや、私たちは普通に食事をするわけだけど、オリアクスはどうするの？　契約主もいないなら喜びの感情がどうのってわけにもいかないでしょ？」

「お父さん」

「……オトウサン」

本っ当にそこ、譲らないね!?

しかしオリアクスとイザベラが打ち解けるの早くて本当にびっくりだ!!

私が可愛がっているから可愛がるっていうよくわからない理論で動いているオリアクスは、イザベラのことも私同様娘として扱っている。

ただ、私が『父親』ってきちんと認めているわけじゃないからイザベラもオリアクスのことは様付けで呼んでいて、それをオリアクスも受け入れているところがなんだかこう、良心が痛む。

なんかごめんね！

オリアクスが私の父親であることになんの問題があるのかって、単純にフォルカス関係ってだけの話なんだよね……。

（……いやもう……なんていうか、正直に言えば情が湧いてるしなあ）

別にオリアクス自体がそこらへんで変な実験をしているとか、人間社会を恐怖に陥れているとかでもないし。むしろそういう状況は悪魔は好まないんだったね。

どっちかっていえばオリアクスは人々が喜ぶ状況……たとえば、お祭りとかに混じって楽しそうにしているお茶目なおっさんっていうか。

おそらく相当高位の悪魔なんだろうとは思う。

そして、私が思うよりも彼はずっと長い年月を生きているんじゃなかろうか。

（……どうして、そこまでして〝家族〟がほしかったのかな）

私たちは色んな話をした。

イザベラが間にいてくれるおかげなのか、会話が途切れることもなく、気まずい雰囲気になることもなく、ただただ楽しい会話だった。

とりとめもない雑談や、空に浮かぶ雲が何に見えるかなんてくだらない話だったり、かつて滅びた国の話だったり、英雄譚《えいゆうたん》だったり。

そのどれもが楽しくて、私もイザベラも終始笑っていた。

オリアクスによれば、悪魔という存在は悪魔界（と便宜上呼ぶことにした）ではなんというか、自然発生的に生まれてくるのだそうだ。

それを近隣の悪魔が拾って育てたり、みんなで面倒を見ているうちに一人前になるらしい。

わーお、アバウト育児。

いやでも精霊と似たような存在っていうなら確かにそうだよね、精霊も自然から生み出されているって聞くし。親は自然界みたいな。

「どうかしたのかね、アルマ」

「オリアクスって長生きなんだよねえ」

「それはまあ、お前たちに比べればそれなりに」

ぼんやりと、悪魔は悪魔を育てるのに、どうして人間の家族みたいな形を求めたんだろうって思う。嘘だ、本当はずっと前から気になっていたことだ。

悪魔と人間でどうやって子供を作ったのか、その方法については相変わらず答えてくれないし、その考えは悪魔族にとってみると異端だというから相当な思いと覚悟がないと成せないに違いないってことはわかる。

時間の概念ってものがない大精霊をして『とうとう』なんて言わしめたのだから、オリアクスはどのくらいトライ&エラーを繰り返したのだろうか。

(そうまでして、自分の子供がほしかった?)

……私で、オリアクスは満足なのだろうか。成長した私は、彼の眼鏡に適っているだろうか?

ふと浮かんだ疑問を打ち消すように、私はオリアクスに言葉を投げかけた。

「それじゃあさ、黒竜帝とも面識があったり?」

さすがにそれはないか。

悪魔は多種族が好きだ、その意味合いは色々あるけれど。だから竜種とだって付き合いくらいあるかなあなんて、単純な考えだった。

しかし黒竜帝は絵本に描かれるような存在なんだし、そうそう悪魔と繋がりがあるわけなかろう。

自分で聞いておいてくだらない質問したなと呆れた笑いが零れそうになったところで、オリアクスは大真面目な顔で頷いた。

「うむ、知己であるよ」

「はあ!?」

「最近ではチェスで勝負をするのが我が輩たちの楽しみでねえ。今のところ我が輩が負け越しているので、今回はちょうど良い機会だから再戦を……」

いやいや待って、とんでもない情報が今になって追加で投下されたな？

それじゃあなにか？

私が『父親が悪魔だとしたら、フェザレニア王家はフォルカスとの交際を反対するかも』って心配していた私の気持ちは単なる杞憂で終わったりする……？

「それを！　早く！　言ってほしかった!!」

私がオリアクスの言葉を理解して、思わず力一杯叫ぶようにして苦情を言ってしまった。

いやでもこれ、しょうがないでしょ、言うでしょ。言わずにはいられないでしょ！

「お、おう？　よくわからんが、すまないね？」

状況が摑めないオリアクスが目を丸くしてから謝罪してくれたけど、うん、ありがとう……。

黒竜帝にわざわざ悪魔と血縁なのか確認してほしいとかお願いしていたら、思いっきり赤っ恥かくところだったわ!!

いや別に恥ずかしいことじゃないか……？

そもそもそういうことを調べる方法はあるのかって疑問なだけで……あれえ？

私の叫びに驚いたオリアクスってのはレアではあったけれど、こっちはそれどころじゃない。

（夕飯のソーセージ、オリアクスの分は一本減らそう。そうしよう）

悔しがったって知るもんか！

私たちの会話を横で聞いていたイザベラは驚きで口を押さえた状態だったけれど、おずおずといった様子で私を見てから、オリアクスを見た。

「で、では……オリアクス様は聖女について何かご存知ですか？」

「うむ？　聖女についてとはどういうことだね？」

「はい。あの……」

そしてイザベラが、これまでの経緯と疑問をオリアクスにぶつけた。

かつてカルマイール王国の貴族だったこと、聖女としての務めを果たしていたが故あって婚約破棄から物事を少し離れてみることができたこと。

そうしたら、疑問が生まれたこと。何も知らないということを知ったということ。

「……というわけで、わたくしは聖女について知りたいと思ったのです」

「なるほど」

オリアクスは静かに話を聞き終えて少し考えるように顎に手をやり、それから私をチラリと見た。

うん？　なんだその思わせぶりな視線。

私は聖女とは関係ないんだけども？　聖属性は一切芽生えなかったよ……ってそれ、もしかして悪魔《オリアクス》が父親だから？　なるほど、それなら納得だ！

だけど、オリアクスの視線の意味はそういうものではなく、単純に考え事をしていただけらしい。

「ふうむ……話すのは別に構わんのだがねえ」

「何か問題があるの？」

「いいや。人間族にとっては都合が悪い部分が数多《あまた》あるのでなあ。逆に真実を知る者というのは、それなりのリスクを負わねばならなくもなるだろう？　私としても可愛い娘たちにそのような面倒を背負ってほしくはないし……いっそこの件で関与してきそうな団体を軒並み潰していくか考えているところだ」

「やめて物騒！」

オリアクスならやりかねないから怖いんだけど!?

えっ、冗談だよね!?

思わず全力で止めればオリアクスは、若干つまらなそうな顔をした。

この悪魔め……。いや悪魔だけども！

「まあ、オリアクス……父さん、が、そう言うなら無理して聞くことはないんじゃない？　黒竜帝が知る話と、同じならだけど」

「ふうむ。概《おおむ》ねあやつが知ることと同じとは思うが。ところで今『父さん』と呼んでくれたか

な!?」

「やっぱなし！　まだもうちょい待って!!」

「うふふ、姉様ったら」

勢いで呼んでみたけど、改めて父親だと認識すると恥ずかしいものがあるな、これ。

大喜びするオリアクスを見れば、まあ……うん、悪くないんだけども。

その横で楽しそうに目を細めて笑うイザベラだって、とても可愛いし。

あれ？　案外私たち、傍目には仲の良い家族に見えたりしちゃう？

（そんでもって、そう遠くない未来で私の隣にはフォルカスがいると仮定して……うん、違和感ないな。逆に違和感なさすぎて怖いな）

しかもしれっとディルムッドがイザベラの横にいるような姿まで想像出来るから、なんだ今とまったく変わらないんだがどうした。バグってないかこの状況。

（しかし、オリアクスに『真実を知る重み』って言われるとそれだけでなんだか、こう……すごく面倒ごとの予感がする）

とはいえ、可愛い妹の疑問について解明する手伝いをするって約束もしたしなあ。

どことなくションボリとしているイザベラを見ている私の視線で気づいたらしいオリアクスも、イザベラに視線を向けて考えている様子だ。

「ふうむ。では細かい所を省けば、まあ良いのではないかな。要は何故、『聖女』という存在がカルマイール王国では多く、他国では聞かぬのかという話であったか」

「は、はい」

突如として話す姿勢を見せたオリアクスに、イザベラが慌てて姿勢を正す。

いや、多分そこまで真っ直ぐになる必要はないと思うんだけど。

オリアクスもションボリするイザベラが可哀想でほっとけなかったんだよね。

……やっぱり後でオリアクスの皿、ソーセージ減らすのは止めよう。

(なんだかんだ、父親として頑張ろうとしているわけだし。ちょっと世間ズレしているのは種族の違いっていう埋められない部分だし。そこんところを考えてみれば、割とオリアクス自身はいい父親なんじゃないかなあと)

なんで私が脳内でとはいえオリアクスをフォローしてるんだという自問自答はあったけど、まあそれについて今は考えないことにする。

大事なのは、今オリアクスが語る内容の方だ。

「そもそも、聖女は一人であった」

オリアクスは何かを思い出すように空を見上げて、静かに語り出した。

まるで昔話を語るかのようなその姿を、私たちは固唾を呑んで見守る。

「それもこの世界が混沌とした時期に招かれた異世界の人間であると聞いた。直接は私も会ったことがない、神代の頃の話だそうだが……まあ、誇張表現はいくらかあろうが、人間族の伝説よりはもう少し信憑性の高い話であると思うよ」

「のっけからぶっ込みすぎだわあ！」

どこが！　省いた！　説明だ!!

感心したところでそれを台無しにしていくところがなんとなく親近感を覚え……いやいや今はそんなことを考えている場合じゃなかった。

うん。

ソーセージ、やっぱり一本減らそう!!

理不尽？　知ったこっちゃない。

まあ、オリアクスに話を続けてもらったところ、かつてこの世界は多くの種族がいて、手を取り合って暮らしていた……らしい。

というのは、神話の頃のお話だからオリアクスも生まれていない頃の話だそうだ。

「これは伝説やおとぎ話の類いではなく、事実であるよ」

多くの種族がそれぞれの長所を活かし、互いの短所を補って生きる、そんな理想郷のような世界が広がる時代があったのだ、なんて言われても壮大すぎて私とイザベラは顔を見合わせて目を瞬かせるしかできない。

「互いを思いやる子供たちを見て、神々は大変満足した。そしてこの状態ならば子供たちにこの世界を委ねても問題なかろうということで、彼らは去ったのだ」

「去ったって……どこへ？」

「さあ、それは我々如きでは知る由もない」

若干ファンタジーだかＳＦだか、そんな要素が出てきそうな感じではあるがとにかく神は去ったのだ。困った時に使うようにと知恵をいくつか残して。

「神々が去った後の世界も平和は平和だった」

だが力関係に関与する存在がいなくなったことで、狂いが生じたのだという。

そして各種族は、袂を分かった。

とはいえ、それは敵対するという意味ではなく、それぞれが干渉し合わない程度に距離を置いたというもの……らしい。ややこしいな!!

「我々のような関係性といえばわかりやすいかもしれんなあ」

オリアクスが肩を竦める。

いやうん、そもそも悪魔族と精霊族に関しては肉体がない分、それはまた別の話じゃないのかっていうツッコミもあるんだけど、この場では置いておこう。

まあ確かにオリアクスが言うように、人間族と獣人族、妖精族やその他大勢がみんな仲良しではないしかといって敵対かと問われると、完全にそうだとは言えないこの状況は似ていると言われれば……そうかなって気がしてくる。不思議。

「じゃあ、瘴気《しょうき》ってのは、子供たちが不和になったから出てきたっていうの？」

「まあ、そう言われておるが……あまり気にしたことがなかったから、我が輩もよくは知らないのだよ。おそらく黒竜帝のやつも知らんのではないかなあ」

「適当だなあ!?」

「アルマも今まで生きていることに不自由がなかったからこそ、そこまで世界について深く考えたことはなかっただろう?　それと同じことだとも」

「まあ、そりゃねえ」

「イザベラも、婚約者の浅はかさと聖女たちに対する扱いを一歩引いたところで見るまで、感じとれなかったように」

「……その通りですわ」

オリアクスの言葉に、私たちはなんとも言えない気分になったが、反論はできそうになかった。

それはともかくとして、各種族がそれぞれの生活を優先するようになってから、各地で瘴気が生じるようになったのは事実だそうだ。

それに伴い魔物が生まれるようになり、そして世界が今のような姿になったわけだけど……勿論、当初はもう少し複雑なあれこれがあったとオリアクスも聞いているようだけれど、その辺は聞かされた内容を殆《ほとん》ど覚えていないらしい。

「興味がなかったからねえ……」

ほんの少しだけ申し訳なさそうにしているので、私たちも気にしないと答えたけど。

だってそうじゃない？　私もあまり興味のないことは覚えられないし……。

まあその結果、瘴気が酷くなりすぎて魔物の発生率がとんでもない時期があったそうで、そこまで来てさすがにこれはやばかろうと各種族の偉い人が集まって会議したんだそうだ。

それで、去って行った神々の知恵を借りて異世界から一人の聖女を召喚した。

何故召喚されたのが〝聖女〟であったかはわからない。

単純に、初めて召喚されてそれが浄化能力を持った女性だったから聖女と呼んだのか、それともそれを成す女性を召喚するためのものであったのか……そこは不明だ。

オリアクスも召喚された聖女がいて、彼女が瘴気をなんとかしてくれたってことしか聞いていないんだそうだ。

「あれ？　じゃあなんで聖女って複数いるわけ？」

だって呼ばれた時は一人で、それまでいなかったわけでしょ？

それなのに、今はカルマイール王国じゃあ当たり前のように十代の少女が聖属性に目覚めて聖女として結界維持だのなんだのであちこち働かされているってのに。

私と同じように、イザベラも首を傾げた。

オリアクスは少しだけ考えてから、首を振る。

「思い出せないねえ。まあ、始まりの聖女はそんな感じだったというような昔話を私も聞いたことがあるというだけだから」

「そう、でしたか……。いえ、ありがとうございます、オリアクス様！」

少しだけ残念そうにしたイザベラが、それでも笑顔でお礼を言う姿に私は思わず頭を撫でる。

ええー、だってこんないい子なんだもの、褒めなくちゃだめでしょ！

そんなイザベラを見てオリアクスもほっこりしたのだろう、笑顔を浮かべた。

「いいんだよ、イザベラ。そんな他人行儀にならずとも……お父様と呼んでくれて」

「ブレないな、ホント！」

まあ、黒竜帝サマにお話を聞くのに、事前準備と思えば……。

これで色々驚かずに済むでしょう！

それがいいことかどうかは別として。

（ところで私、心配事が綺麗さっぱり消えたのでフォルカスの気持ちを受け入れるっていつ話したらいいんだろう……）

一難去ってまた一難、問題解決にはどれもこれも一歩及ばない、そんな現実に私は遠い目をするばかりであった。


フェザレニアの国は、北国なのでとにかく寒い……というイメージがあった。でも実際来てみるとそうでもない。

そりゃそうだと自分でも思うんだけど、北国って一口に言ってもフェザレニアはとても広い国土を有する国なのだ。

王都がある山間部に行けば寒さも増すという話だけど、領土が広大なこともあって端っこの方は割と温暖な気候である。まあ、そりゃそうだよね……本当にね……。

(よくもまあ、こんな広い国を維持できるもんだなあ)

地図を眺めながら私はそんなことを考えつつ、欠伸《あくび》を一つかみ殺す。

王都への道のりは、早くて一週間ってところだろうか。

私たちの馬車を引っ張ってくれるお馬さん次第と言えばそうだけれど、優秀な子なのでしっかりと雪対策とかをすれば山間部だって割とすんなりいけることだろう。

そもそもフェザレニアは、馬車道がとても整備されているのが印象的だ。

元々が山間部にあった小さな国が黒竜帝の庇護を得て、周囲の小国を吸収するような形で少しずつ拡大していったという歴史がある。

大抵の人は黒竜帝が伝説だと思っているし、初代女王が特別な女傑だったのだろうと思われがちだけど……まあ、実際に王配が黒竜帝だと知った私たちからすると、当時はとんでもないビッグニュースだったんだろうなあと思わずにいられない。

ちなみに、その初代女王が道の整備は物資の行き来が楽になるからってことで最優先で作り上げたものらしいよ！

(確かに、ここに来るまで見た町も村も、どこも豊かだ)

この辺りの特産品の他にも、フェザレニア国内の気候が違う土地の作物まで色とりどりな食料が市場を賑わせているのを見て、私としても少し楽しかった。

ああうん、そうじゃないそうじゃない。

いや、果物があっちこっちの食べられるってのは楽しかったんだけども。

ちょっと食べ歩きにも熱が……だから違う、そうじゃない。

果物が美味しかったのは本当だ！

（イザベラも喜んでたし、オリアクスも楽しそうだったし！　なんだかんだディルだってフォルカスだって町の中で楽しそうだったし）

誰に何を言われたわけでもなく、心の中で一人反省会を開き完結するこの悲しさよ。

オリアクスの紹介してくれた宿屋さん、これがまた美味しいお料理を出すところでさあ……あれ、私たち何してるんだっけって思うよね。

というか、人間の食事では大してエネルギー摂取出来ないとか言っているオリアクスが美味しい料理を出す店を知っているっていう事実に驚きが隠せないんだけど。


「アルマ」

「……フォルカス」

そして私はというと。

意を決して、フォルカスを誘っていた。

とはいっても、宿泊している宿屋さんに併設しているバーみたいなところにだけどね！

オリアクスの紹介で泊まることを決めた宿屋さんだったけど、従業員の質もいいしお料理は美味しいし、部屋も造りがしっかりしていて高級品を知り尽くしているイザベラでさえ手放しで褒めるレベルですよ！

しかもそんな上質な部屋がある上にレストランの他にバーがあるってどこの高級ホテルやリゾート地ですか？　ってな感じなのにお値段がこれまたリーズナブル。

（……一体うちの〝オトウサン〟はどんだけ人間生活に馴染んでるんだか）

それはともかく。

私はフォルカスと話をする決意をした。

とりあえず、私が懸念していた内容、それから今後について。

この二点は話さない訳にはいかない。

少なくとも〝番《ツガイ》〟云々の問題なんだから、これればかりは私一人で解決しようとしたって仕方のない話だし、そろそろ私も腹を括るべきなんだろうと判断したのだ。

まあ、その、なんだ。

要するに恥ずかしがってばっかりで待たせてごめんねってやつだよ！

「来てくれてありがと。ディルはなんか言ってた？」

「いいや。アイツは部屋で大人しく寝るそうだ」

「そっか」

ガラにもなく緊張している。

カウンターに座った私の前には、アルコール弱めの果実酒。

フォルカスは隣に座ると手慣れた様子で注文をしていた。

「それで、何か問題でもあったのか？」

「いや、うんと……ちゃんとさ、話しておきたいなって思って」

「……うん？」

「私、フォルカスのことが好きだよ。多分、フォルカスが考えるよりも前から」

「……アルマ」

「諦めなくちゃいけないかとも思っていた時期もあったくらいには、好きだよ。だからね、番《ツガイ》だって言ってくれたこと、嬉しかったんだ」

私の言葉に、フォルカスはかなり驚いたようで、珍しく間抜けな表情を見せている。

それが少しだけ可愛らしく見えて、私が笑えば彼は憮然とした表情に変わった。

「では、何故……」

「うん。それなんだけどさ」

もし、フォルカスが王族でなかったら私はきっと彼の思いをその場で受け入れていたと思う。

多少、まあ、いきなりすぎた宣言に文句の一つや百個は言ったかもしれないが、最終的には。多分。単純に、素直になれなかったかもしれない可能性は否めないけれども。

まあそれはともかく、私は……まあ、ほぼオリアクスの娘で間違いないんだろう。

そうなると、悪魔は世界中で恐れられている存在なのにその娘は受け入れられるのか？

ただ冒険者をしているだけなら気にすることもないだろうけれど、フォルカスだけじゃない、その家族にとって受け入れられることだろうか？

そういう心配事があったのだということを、私は目の前のグラスを見つめながら話した。できるだけ、淡々と。事実だけを伝えるように。

「……そうか」

フォルカスも言われた内容に思うところはあったんだと思う。

色々と複雑そうな顔をしていたからね。

まあ、私もフォルカスの性格はよく知っている。

そこで拒否するような家族よりも私を選ぶとかなんとか言おうと思ってるんだろうなって感じ取った私は、笑顔で言葉を続けた。

「まあ、それでなんだけどさー。これだけ考えておいて笑っちゃう話なんだけど、黒竜帝とオリアクスは友達なんだってさ。しかも相当仲良しっぽいの」

「……は？」

そして私の言葉に、フォルカスがまた目を丸くする。

まあ、そうなるよね！　気持ちは分かるよ!!

「そんな目を丸くしてたら、落っことすよ？」

「……からかうな」

フォルカスの普段見られないような表情を見て、私は正直楽しい。

なんせ、告白というか、宣言された時から今日までこっちはやきもきしてばかりだったのだ。

……いや、まあ。うん。

私がちゃんと説明しなかったのが悪いんだけども。その辺は反省しているよ！

（変に気を回したのがいけなかったんだよねえ、多分）

フォルカスが私を選んで、家族と仲違いしたら申し訳ないなあ……なんて、そんなことを考えるよりも前に、ちゃんと話し合えば良かったんだって今なら思う。

私も案外、乙女思考があったらしい。

好きな人のために、その人を傷つけないために、その人が大切に思う人たちを守るためにもどうしたらいいのかって暴走気味だったんじゃないかな。

……なんて、今ならちょっと反省出来るくらいに余裕が出来た。

それがオリアクスのとんでも発言から始まって驚きの連続だったから、そういう気負いも何もかも吹き飛んだんだと思うと釈然としないものがあるんだけどさ……。

「まあだから、正直なところ自分でも驚きではあるんだけど、心配事が減ったと思ったらさ、素直に気持ちを伝えてもいいんじゃないかなって思えたんだ」

「……アルマ」

「ただ、番《ツガイ》ってのに関しては、私も良く理解出来てなくてさ。今すぐ結婚しようとか二人で暮らそうとか言われても、正直困っちゃうかなぁ」

私は今考えているところを素直に話すことに決めていた。

なにせ、番《ツガイ》ってのが本能的なものだってことは理解しているけど、それってつまり、繁殖的な意味合いの、本能が生殖に適した相手を選別する特殊能力みたいなものでしょ?

まあ、恋人関係だってそれが長じて夫婦になり、いつかは家族となっていくものだと私は考えているのでそれって結構良い方法なんじゃないかと思っている。

けど、それはそれ、これはこれである。

私は冒険者であることを楽しんでいる。

自由気ままにあちこち周り、好きなことをして好きなように生きているこの生活が、好きだ。

だから、番《ツガイ》っていうのがもし夫婦みたいなものであるという解釈で間違っていないなら、私としてはとても難しい問題だなと思うのだ。

「正直さ、まだ私はオリアクスのことを〝父親〟って認めているかって聞かれたら微妙な感じなんだよね。でもどうせだったら、これを機に交流をちゃんとしたいっていう気持ちもある」

「……ああ」

「イザベラに、世界中のあちこちを見せてあげたいとも思ってる」

「……ああ」

「それに、今回の件も気になるし」

「……ああ」

「ああ、ああ、ってそればっかりでおかしいの！」

私が笑えば、フォルカスは少し拗ねたようにしながら笑ってくれた。

手を伸ばして、私の頬に触れるその手はどこまでも優しい。

「それに、黒竜帝が認めてくれたからって、フォルカスのご家族が私を認めてくれるかどうかわかんないしね……」

「大丈夫だろう、基本的にうちの母親は子が幸せならそれでいいというタイプだ」

いや、それよりも問題の妹さんが絶対に反対すると思うんだけどね？

反射的にそうツッコミそうになったけど、そこは黙っておいた。

私にそれを言われてもフォルカスとしてはなんとも言いづらいだろうなっていう、大人としての配慮である。

どうだ、オトナの女らしい心配りだぞ！

「そうだな……うちの家族はともかく、今回の妖精族の件や、例の予言についてを片付けながら一緒に行動すればいい」

「え？」

「私の考え過ぎならばいいが、予言書扱いされている小説について出てくる聖女と悪役令嬢、あれをカルマイール王国で起きた件と重ねる輩《やから》が現れるならば、イザベラの身にも今後、危険が及ぶ可能性があるかもしれないだろう」

「……まあ、ね」

フォルカスの言葉に私も苦い気持ちになる。

折角、色々な柵《しがらみ》から抜け出したイザベラが、今更終わった話に連れ戻されるなんて……そんなのは絶対にダメだ。認められるはずがない。

「じゃあ、とりあえずはフォルカスの妹さんに会ってみてから、かあ」

「オリアクス殿の知り合いだという悪魔からも情報が聞けるかもしれないし、もしかすればイザベラに関しては何も起きないかもしれないがな」

「まあ、それはそれであちこちフラフラしてればいいんじゃない？」

ぐっと目の前のグラスを呷《あお》れば、僅かに入っているアルコールが喉を熱くするのを感じた。

酔いはしないけど、もういいかな。私はグラスを指で弾いた。

「それじゃあ、フォルカスと私はこれから恋人ってことでいいのかな？」

「願ったり叶ったりだ」

「そ。……じゃあ、たまにはこうして二人の時間を作ろうね。これからについては、まあ……まず、フォルカスのご家族に挨拶してからおいおいってやつ？」

私がそう笑って席を立てば、フォルカスはまた呆れたような顔をしてから笑ってくれた。

そしてひらりと手を振ってくれたから、きっと了承の意味なのだろう。

ごめんね、なんかこう！　ふざけてないと！

心がもたないんで!!　コレでも結構頑張ったと思わない？　思ってよ。

多分、フォルカスのことだから私のこの考えなんてお見通しなんだろうなあと思うと、ちょっとどころかかなり悔しかった。

とりあえず、暫定的に『恋人』関係となったわけだけども！

（いや、ほぼ確定？　両思いだし？）

正直、フォルカスの中に宿る竜における番《ツガイ》なるものが、夫婦関係って意味でいいのかって問われると微妙に違うらしいんだな、これが。

とりあえず、まあそう言っても彼は彼で人間の血が強いわけだから何でもかんでも竜に引っ張られるってこともないようなので、恋人関係っていう言葉でいいんだと思う。

とはいえ、今はみんなで行動しているし、ご家族との面談もあるしね。

（……道のりが、遠いな？）

紆余曲折の末、なんだかんだ両片思いだったのが結ばれたんだから、私たちらしいっちゃ私たちらしいのか？　なんでこう、素直にくっつかないんだって私が第三者なら思ったろうな。

なんとなく納得はできないけど、なるほどなあなんて思ってしまう所もあるのが微妙な気持ちだ。


あの告白劇から数日、私たちはまた別の町に移動していた。

その間もちょいちょいフォルカスと私は秘密の時間を共有しているので、順調に関係は進めていると思うんだけど……同時に、王都が近づいているんだと思うと少し気が重い。

私だって人並みに緊張くらいするんだよ！

「はあ……」

「アルマは最近ため息が多いね。幸せが逃げてしまうよ？」

私の横を歩くオリアクスが肩を竦める。

そういう仕草はすごく人間くさくて、悪魔だということをつい忘れてしまいそうに……ならないな、物騒な気配がだだ漏れなんですけどよく周りは気づかないな？

「しかし、フォルカス殿の待ち合わせとは誰となのかな」

「さあ。でもご実家関連みたいよ、さすがに妹さんが該当者なのか、当事者なのかって問題があるからいきなり直接問いただしたりしない方向みたい」

そう、まあ、一番問題なのは行き過ぎたブラコン（あくまでフォルカス視点）である妹さんが転生者であるかどうかってところなのよね。

私とフォルカスの関係を認める認めないはともかくとして、今回の予言だとか転生者だとかそんなトラブルの渦中にある人物なのかどうかっていうのはとても重要な問題なのだ。

なんせ、各地で妖精族が攫《さら》われたり変な儀式の準備をしているっぽい現状に王族が関わっているなんて国際問題になっちゃうでしょ！

そんなことになったら、旅行も自由に出来なくなってしまうじゃないか!!

ってことでフォルカスが王都よりも一歩手前にあるこの町で人と待ち合わせをして話を聞くというので、私たちはついでに食料だの、足りなくなった暖房用の燃料などを買い出しに来たのだ。

（……意外と、緊張しなかったな）

なんと、その買い出し。オリアクスと私の二人で、である。

今のところ〝お父さん〟と自然と呼べていないのが問題と言えば問題かもしれないんだけど、タイミングを逃し続けた関係ってこんなもんなんだよなあ！

とはいえ、改めて『受け入れてもいいか』って思ったから変に意識しちゃうかなあとか心配していたんだけど、意外とこれが……なんていうの？　とても良い距離感というか。

ちなみにイザベラはお留守番をしてくれている。

あの子ったら気を遣ってくれて、二人で行ってきてくださいとかもう……空気読める上に送り出す際には私にだけ見えるようガッツポーズ見せてくれるとか最高じゃない？

「あ、そこの果物屋でイザベラにお土産買っていってもいい？」

「おお、そうだねえ。あの子は何が好きなのかな？　アルマの作る料理はいつだって幸せそうに食べるから見ていて我が輩もとても楽しいが、父親としては娘の好みを知りたいところだねえ」

「そうね、……ところでオリアクスはなんでそんなにお金持ってるのか聞いてもいい？」

買い出しに来てから知ったんだけど、オリアクスの財布の中ってヤバいんだよね。

貨幣に関しては割とどこの国でもその国発行の硬貨と紙幣って組み合わせなんだけど、それ以外に証券とか、まあ色々なものが存在する。

他にも、国単位で換金が面倒な人用に商業ギルドでしか使えない換金用の紙幣ってのが存在するんだけど、そこはまた別の話。

とにかくオリアクスの財布にどこのお金があるのか確認するために見せてもらったら、各国の紙幣がぎっちりだったんでびっくりしたわけですよ。

一般人が使わないような単位の高額貨幣とかどこで使うんだよって町中で絶叫しなかった私を褒めてほしいくらいだ。

「ふむ、言っていなかったかね？」

「商売っぽいことをしているとかなんとか？」

「そうそう。知り合いの悪魔が経営する商会で働いていることになっているのだよ」

「待って」

「つまり、役員待遇というやつだね」

「待って待って!?」

情報が多いな！　役員待遇って随分いい扱いじゃないですか！

そう思いながらオリアクスと私が会話をしながらお土産の果物を買って戻ると、そこで視界に入った光景に私は思わず目を瞬かせた。

「おお、なんと美しいのか！　今日貴女に出会えたことはいずこかの神による采配に違いない。猛き騎士に守られし乙女よ、どうか隠れずこの哀れな男の前にその姿を見せて名前を賜る栄誉をこの私に授けたまえ……!!」

「いい加減にしろ、コイツが嫌がってんだろうが！」

だって、私たちの馬車に困惑しているだろうイザベラの姿があって、そのイザベラを背に庇うような態勢で険しい顔をしているディルムッド、そしてそんな彼らを前に跪《ひざまず》いて高らかに愛の告白をしている青年がいたのである。

なにこれ、コント？

……私たちがいない間、何があったのさ!?

「ちょ、ちょっと！　ディル、これは一体何があったわけ……？」

「……アルマか。悪イな、なんかコイツが急にイザベラを見た途端にこうやって……」

私たちの買い出しを待っている中、フォルカスは待ち人が約束の時間になっても来ないので探しに出たらしい。

退屈には違いないが誰もいなくなってはいけないだろうと二人が残って待機していたところ、果物菓子の移動販売が通りがかったのでディルムッドが少し離れた。

で、ディルムッドが支払いをしている間に御者台で大人しく座っていたイザベラに、求婚している男が現れて驚いた……と、まあ。

そういうことらしい。

「……えええ……？」

「も、申し訳ございませんアルマ姉様。わたくしたちにも何が何だか……」

「いや、うん……イザベラは悪くないっていうか、勿論ディルも悪くない」

往来でどこのオペラ座だっていうような求婚騒動をする輩がいるだなんて、普通考えないでしょ。

オリアクスも目を丸くしているから、長い悪魔生でもそう見る出来事ではなさそうだ。

っていうか、あまりこういうことがあっても困るけどね！

いくらうちの妹が魅力的だからって！　魅力的だからって!!

……魅力的だから、仕方ないのか？

「うん？　貴様は誰だ？　貴様も麗しの乙女をこのおれから遠ざけようとする邪魔者なのか。いいだろう、障害は多いほど愛の結びつきは強くなると相場は決まっている！」

「いや、そんな相場ないから。っていうかそもそも誰よアンタ」

「麗しの乙女だとか愛の結びつきだとか、こういうやっすい台詞を堂々と吐けるヤツに碌な野郎はいねえと思うが」

「ディル、よそ行きの仮面が剝がれてる」

私たちが馬車に戻ればイザベラが申し訳なさそうに私に寄り添ってきたので、頭を撫でてあげる。

オリアクスに彼女のことを任せるよう視線を向ければ、理解してくれたのか頷いてくれた。

「イザベラ、お土産の果物であるよ。日差しも強いからね、荷台の中で食そうではないか。なに、あちらの御仁はアルマとディルムッド殿が対応してくれるから安心おし」

「は、はい……オリアクス様」

「恥ずかしがらずに『お父様』と呼んでくれて良いのだよ？」

ブレねえな!?　いや、今はそこじゃなかった。

ついつい背後での会話に気をとられたけど、私は注意を前方に戻す。

隣のディルムッドがかなりいらついているのを感じるし、そこは私もわかる。だからそこのフォローは後でいいでしょ。

それかフォルカスに押しつけるかだけどね。

「イザベラが可愛くって美人でついつい声をかけたい気持ちはわからないでもないけど、あの子だってびっくりしちゃうじゃない。妙なナンパはお断りなのよ」

「妙なナンパだと!?　失礼な……！　おれは真摯な気持ちで麗しの乙女に求愛したんだ。彼女の名はイザベラというのか……気品ある彼女に似合う名だ！」

「妙なナンパ以外なんて表現するのよ。悪いけど、帰ってくれる？　これ以上あの子を怯《おび》えさせたくないからさ」

しっしっと手を振って見せる。

往来で騒ぎを起こされると本当に迷惑！

実力行使で来ようモンならこっちも正当防衛でちゃちゃっと片付けられるのになあ。

「なんだと……おのれ、貴様はまるで我らの恋路を引き裂く魔女のようではないか。いくら凡庸な容姿だからとて嫉妬で麗しの乙女を隠すなど神が許してもこのおれが……！」

「うっさいわ、凡庸で悪かったな!?　いや、そうじゃなくて。私はあの子の姉よ、怖がっているんだから守るのは当然でしょ？」

「馬鹿な！　……あんなにも容姿が違うではないか」

本当に失礼な男だな。

なんて言い返してやろうかと思った瞬間に、男の額に何かがぶつかって落ちた。

カーンっていい音したわ。

音の元は、先ほど私たちが果物屋で買ったカットフルーツの入ったカップだった。

「アルマ姉様を馬鹿にしないでくださいませ！　あなたごときが姉様を語るなど百年早いですわ!!」

「う、麗しの乙女よ、イザベラ嬢よ、おれはただ……」

「言い訳は結構！　その顔、その声、なんと煩わしいことでしょう。わたくしの名前を呼んでほしくなどありません。即刻、この場から立ち去ってくださいまし」

御者台に現れたイザベラが氷のような視線で男を見下ろす様は、まさしく悪役令嬢。

もしくは女王様？　なんにせよ、カッコイイ！

私のために怒ってくれたんだと思うと愛しさもひとしおってやつですよ。

「……なんなら、我が輩が始末をつけようか？」

「オリアクスが言うとシャレになんないから止めてくれる？」

にこやかに小首を傾げながら言っても絶対その『始末』ってどう考えてもどこかに消し飛ばしちゃう方の始末でしょ、ヤダー。

そんなことを考えていると〝麗しの乙女〟に完全なる拒絶をされた男は相当ショックだったのか、その場にへたり込んでしまった。

彼が去らないなら私たちが移動した方が早そうだと思った時、フォルカスが人だかりに気づいて戻ってきたらしく、怪訝な表情を浮かべて私たちを見ていた。

そしてうなだれる男を見て目を大きく見開く。

「アレッサンドロ、お前……何をしているんだ」

「あに、うえ……」

その言葉に、私たちは顔を見合わせる。

兄上って言った？

ってことは、フォルカスの、二人いる弟さんの一人ってこと？

「え、ええー……？」

問題なのは妹だけじゃなくて、弟もだってか？

私の顔が引きつるのを見て、イザベラがそっと寄り添ってくれたのだった。


あれから。

私たちは周囲の目もあってフォルカスの弟だというアレッサンドロくんを連れて町を出た。

フォルカスが待ち合わせしていた相手というのが彼だったらしい。

なんでも、転生者だっていう妹の近況を聞くために落ち合ったんだそうだ。

女王様からの近況報告だけでなく、弟妹たちからも聞いておきたかったらしいんだけどさ。

そう言われれば確かにその通りだとは思うんだけど……それにしたって、王子様が一人歩きしてるのはどうなんだって思うけど、そこんとこはどうなんだろうね。

（護衛を撒《ま》いてきた？　それともお忍びで出てきた？　フェザレニアはかなり治安もいいとは思うけどさ、なんにせよ不用心だなあ！）

まあそちらの王家の事情はそちらでお願いしますって感じなので私が口を出す必要はないんだけどさ、フォルカスの家族だと思うと色々心配にはなるよね！

ホントもう、ゆっくりする時間をくれよ！

それはともかく。

町を出て近くの草原で野営するための準備をして、いざ話を……と思ったんだけど、今回の騒動でフォルカスがとても怒ってしまい、アレッサンドロくんは地面に正座させられて説教されることすでに三十分くらい経っているんじゃなかろうか。

話をするんじゃなかったのかと言いたいところだけど、ここで何かを言うとやぶ蛇になりそうだったので諦めて私はご飯の準備を始めた。

折角先ほどの町であれこれ食材も買い込んだし、荒んだ心は美味しいご飯が一番だよね！

「姉様、炒め終わりましたわ」

「あっ、じゃあエビ取り出してくれる？」

なんにせよフォルカスが元々情報交換したかった相手なんだし、私たちが口を挟むこともないでしょ。それに、反省してもらいたいことが多々あるので、むしろお願いしますだよね！

私が料理を作り始めても誰も文句は言わなかった。

むしろ何を作るのか、イザベラは楽しげに手伝ってくれている。天気もいいしね、なんだかキャンプにでも来たような気分である。

毎日がキャンプだろって？　まあそういうことは言いっこなしだ！

ちなみに何を作るかっていうと、ジャンバラヤである!!

いやあ、天気の良い日に草原のど真ん中でジャンバラヤ！　最高じゃないの。トマトもパプリカもタマネギも、美味しそうなソーセージに鶏肉も大ぶりのエビも手に入っちゃったもんだからさ！

私のために怒ってくれた可愛い英雄、我が妹イザベラのために気合い入れて作っちゃうよ！

「ほうほう、良い香りだねえ」

「オリアクスはソーセージつまみ食いしないでよ、ちゃんと後で盛り付けてあげるから」

「ふふ、楽しみにしているよ」

ちなみにジャンバラヤにトマトが入っている方が好きなので、私の独断と偏見で入れさせてもらった。色々とアレンジメニューがあるんだよねえ、どれが正道なのかは知らない。

要は美味しく出来上がれば良いのだ!!

イザベラが炒めてくれた具材に水と香草を一緒に投入してから、私は空間収納の中からお手製のブイヨンキューブを取り出して放り込んで味を調える。

この世界にコンソメキューブみたいなものはさすがに売ってなくてね……でもブイヨンキューブは自作ができるっていうので、旅の途中、地元の主婦の皆様に教えていただきました。

教えてもらった当初は感動して大袈裟だって笑われたっけ。いやこれは感動するって！

とても便利なので、時折作ってストックしてるんだよね。

「うん、いいお味。イザベラも味見する？」

「はい！」

ニコニコ顔で味見のスープを飲むイザベラは可愛いねえ。

できあがった料理を食べたらもっと笑顔になってくれるかもと思うと、本当に毎回料理を作る甲斐があるってもんですよ。

さて、いい具合にスープの味も調ったので、主役の米を投入である！

具材と一緒に先に炒める方法もあるけど、私はこっちの一緒に煮ちゃう方が好きなのでそこの辺はお好みってヤツだと思うから大雑把にいく。

……ここじゃあこだわるような人もいないしね！

とりあえず、米に関しては市場で売っていたのを買っておいた私グッジョブである。

大量には買えなかったんだけどね……それにしても、米は穀物の一種で流通がなくもない。

けど、あまり流通していないということは知っているのでそれを考えるとやはりフェザレニアはとても豊かな国なんだと思う。

「よそ見をしていないできちんと話を聞け、アレッサンドロ！」

「し、しかし兄上、いい匂いが……」

「やかましい！　いい匂いがするのは当たり前だ、私の番《ツガイ》が料理をしているのだから!!」

「えっ。えっ!?　番《ツガイ》って……あの番《ツガイ》ですか!?　あの平々凡々な女が!?」

いやいやフォルカス、何が当たり前なんだ。

番《ツガイ》が作る料理だから何でも美味しくなるわけじゃなくて、そこは私の料理の腕がいいとか言えないのか。ついでにあっさりと私のことを番《ツガイ》だと弟にバラして問題ないのか。

色々とツッコミどころ満載なフォルカスの発言に呆れていると、隣でイザベラがアレッサンドロくんを睨み付けて文句を言おうとしていた。

気にしなくていいのに！　本当にうちの妹は可愛いなあ。

思わずイザベラが何かを言う前に頭を撫でてほっこりしていたら、キィンという音がした。

「……私の番《ツガイ》に、何か不満でもあるのか……？」

「なにも、何もございません、あにうえええぇぇぇ……」

音の出所、フォルカスたちの方に視線を向ければ、アレッサンドロくんが下半身を凍らされて、アイアンクローを喰らっているじゃないか。

わあ、痛そう……。

「人の恋人を悪し様に言うような弟に育てた覚えはないし、そもそも私のアルマは十分魅力的だ！」

やだ、アイアンクローしながらそんな褒められてもキュンとしないわあ。

イザベラを撫でながら私が遠い目をしてしまったとしても、これはしょうがない。

いや、フォルカスの気持ちは嬉しいけども。

その後、反省したらしいアレッサンドロくんを交えて完成したジャンバラヤを食べつつ話を聞いたところ、フォルカスが帰省するという形で女王様は家族に伝えてくれているらしい。

（なるほど、転生者の件やフォルカスの番《ツガイ》に関しては伏せてあるのか。当日フォルカスから話があるらしいって言えばあっちも警戒しないだろうし）

アレッサンドロくんの様子から、それらの件については知らないのだろう。

女王様にはフォルカスから、妹がもし本当に転生者ならば狙われる可能性があること、もしくはその妖精族や予言書の関係者かもしれないことは伝えてあると聞いている。

もしアレッサンドロくんがそれらを聞いていたなら、私たちを前に気にする様子はあってもフォルカスに質問せずにはいられないだろう。

なんとなく黙っておけるタイプには見えないし。

「今回こいつをこの町まで呼んだのは妹の様子を聞くためだったんだが……本当にすまない。私の教育が足りなかったのだろう」

「お前のせいじゃねーだろ」

私たちに頭を下げるフォルカスに、ディルムッドが苦笑して答えた。

フォルカスは長男として父親代わりに彼らの面倒をみてきたと自負しているようだけれど、正直に言えば私も彼だけのせいとは考えていない。

だって、いっくらフォルカスがしっかり者の長男だったとしても、それは責任の押しつけにしかならないんじゃないのかって思うからだ。

確か前に、一つ下の妹と、二つ下の弟たち、そして四つ下の末っ子とか言ってたもんね。

(それに、フォルカスが国を出たのが十五、六歳の頃とか言ってたっけ？)

冒険者として生きるためには経験も必要だろうという女王の配慮だったらしいけど、それでもやっぱり王族として生きてきた分、世間知らずなんじゃないかなあと時々思うのは内緒だ。

それにこう、金銭面とか普段の仕草から育ちの良さが窺えるっていうか。

とりあえずまあそれは置いておくとしても、フォルカスの父親が亡くなったのが四つか五つの幼い頃だ。そんな子供が『長男だから』って理由で、他の弟妹たちに対して父親代わりをしていたって、無理があるでしょ。

まあ、そのおかげもあって彼は弟妹たちに慕われているみたいだけども。

「しかし、お前……来てほしいと言ったのは確かに私だが、護衛の武官はどうした。お前を一人にしたとあっては護衛官である彼らが咎められてしまうだろう、合流しなくては」

「いいえ兄上、おれは一人でここに来ました！　ですが、ご安心ください。このアレッサンドロ、兄上ほどではございませんが研鑽を積んでほらこの通り！」

「これは……冒険者証？」

自慢げに彼が取り出したのは、ペンダント……ではなく、冒険者証だった。

銀色にキラキラと輝くそれは、確かに間違いようもない。

「お前、これは」

「遠く離れた地にいようとも、兄上のお噂を耳にしない日はございません。母上も姉上も、兄上の動向を案じておられるので……そして、それを我々は誇りに思っております」

「いや、そうではなく」

フォルカスの様子はどう見ても『うちの弟すごい』っていう賞賛ではなく、呆然としていてむしろ『コイツ、何やってんだ』くらいの感じなんだけど……残念ながらアレッサンドロくんは気づいていないようである。

いや、私たちも正直『何やってんだこの王子様』くらいの気持ちではあるんだけども。

アレッサンドロくんは双子の弟という立場らしく、第三王子として王位継承権を持っているけど、王太子となっている姉と双子の兄がいるということから割と気楽な立ち位置なんだとか。

フェザレニアは女系の王統で、割と女王が在位のうちに長女が婿を取り子を生し、女王にとっての孫のうち女が生まれると位を譲る……という不思議な形を伝統としている。

まあフォルカスが明かしてくれたことによると、竜種と混じった一族なので生まれてくる子の力が強すぎて母体が危険にさらされる可能性も否めないということもあって、王太子のうちに子を生すってのが本当のところらしい。

それなら確かに何か不幸な出来事があっても、女王自体は特に問題ないのだから国としては安泰ってことだものね。

で、女系なのは初代が女王だったからってだけの話で別に女でなくちゃ……ってことはないそうだ。長女のアリエッタさんが優秀だから、そのまま王太子でいいだろうって決まったんだって。

ちなみにそのアリエッタさんはおわかりだろうが既婚者で、すでに男の子二人のお母さんである。

あいぇぇー、私、結婚したらもう甥っ子がいるのかあ！

お年玉とか誕生日プレゼントとか、やっぱり今後は贈った方がいいのかなってちょっと考えちゃったよね！

まあ、それはともかく。

そんな家庭環境の中で双子の兄ロレンツィオくんが文官をまとめ、いずれはアレッサンドロくんが軍部を……ってな感じで将来的には家族で国家を支え合う未来を描いているんだそうで、修行に抜かりはないんだそうだ。

で、兄であるフォルカスがジュエル級冒険者として活躍しているのを聞いて育ったこともあり、自分も兄ほどではなくとも実力があるはずだ……と冒険者になったんだって。

それ聞いてフォルカスが頭抱えちゃったよ。

うん、武芸の修行はできても頭の修行がちょっと足りないんじゃないかな……。

「今では単独で依頼をこなすこともありますし、何度も町を歩いているのでご安心ください！」

「いや、どこにも安心できる要素ねーわ」

「すまない……弟がすまない……」

「……フォルカスのせいじゃないでしょ、どう考えても」

ディルムッドが遠い目をしながらツッコんでたけど、私も同意するね。

とりあえずそっちよりもフォルカスのフォローを優先したけど。

国を出たのだ、その後のことは親である女王と周囲の重鎮たちがなんとかすべきだ。

身内の恥だとフォルカスは思っているかもしれないし、その通りではあるけど！

「すまない、アルマ……」

「いやあ、でもフォルカスと結婚しても、彼との親戚付き合いはお断りしたいかなー」

「お前の望むように」

そこは躊躇ってあげてと思わなくもないが、賛成してくれて嬉しいなあ！

結婚するって思わず言ったことについてはノーコメントな所も嬉しいっていうか、フォルカスの中では決定事項なんだろうなと思うと少しくすぐったい。

（……一緒にいたいとは言われているけど、プロポーズされた覚えはないのよねえ）

いやってこともないし、私も彼のことが好きだから勿論いいけど、こういうことがどうにもこうにもお互いの中ですれ違っている気がするってフォルカスわかってんのかな？

「まあ、いいや」

色々思うところはあるけど、ここであれこれ考えても話は進まない。

お皿を片付けつつデザートにフルーツを取り出したところで、アレッサンドロくんもわざわざ自分が呼ばれた理由をなんとなく察したようだった。

「……兄上が番《ツガイ》を連れての帰参となると、アイツが荒れるでしょうね……」

「やはり、マリエッタは変わっていないのか？」

「ええ。今回の帰参も兄上を出迎えるためにドレスを新調していたくらいですしね」

ああー、頭が痛いわあ。

イザベラが〝悪役令嬢〟として今後も関与するのかって心配な点がなければフォルカスとディルムッドに全部押しつけて、私たちは会わずに終えるってこともできたんだけどなあ！

（いや、転生者云々に関しては二人に任せて私たちは私たちで別のアプローチをするか？）

ご挨拶は女王と黒竜帝にだけしてさ！

あれっ、それ、良くない？

私が妹さんに会わないで済む方法を考えている中で、兄弟はげんなりしながら話を続けている。

「兄上の花嫁になるのは自分だって今でも言ってますよ……」

「止めてくれ、本気で」

……でもフォルカスのその声を聞く限り、押しつけるのも不憫だなと思うのだ。

どうしたもんかなあと考える私の袖をクイクイひっぱるイザベラに、私は小首を傾げる。

「姉様、もしその姫君と対面なさるのが苦痛でしたらわたくしにお任せくださいませんか。こう見えても、社交界で培ったものがありますもの、お役に立てると思いますの」

「イザベラ……!!」

妹は妹でもうちの妹は超イイコ！　はっきりわかっちゃうね!!

気合いを入れて任せろという表情を見せて笑うイザベラを私は衝動的に抱きしめる。

こんな可愛い妹一人に任せてなるものか、私はおねえちゃんだぞう！

「イザベラがいてくれたら百人力だよ！　でも、私も一緒にいるからイザベラも私を頼ってね！」

「……もう、姉様ったら。わたくしはいつだって姉様を頼っておりますのに」

そうよね、私たちは姉妹だもの。

お互い支え合うんだから、物語がなんだってんだ！

かかってこいってモンだよね!!

……いや、かかってこられても迷惑だわ。

幕間　麗しの乙女

「おお、わが麗しの乙女よ。隣に座っても？」

「いやです。よそへ座ってくださいまし」

「そ、そんな……」

姉様が設営した火の周辺にディルムッド様が丸太を置いて座りやすくしてくださったので寛いでいるとアレッサンドロ様に声をかけられました。

この方がわたくしに対して、好意を寄せてくださっていることは理解しているつもりです。

わたくしの見目を気に入って『一目惚れした』と仰っていたので今でもそのお気持ちはあるのでしょう。

正直に申し上げれば、好意を寄せられることは、本来ありがたいことなのでしょう。

相手は大国の王子殿下なのですしね。

(麗しの乙女、か……)

わたくしは、元々自分の容姿が好きではありませんでした。

きつめのつり目である面差しのせいで、王城の教師にまるで睨んでいるようだと咎められたこともございましたし、この髪と目の色が陰気だと裏で殿下の婚約者という立場を妬む貴族のご令嬢たちに言われていたことがあります。

ただ、醜いわけではないのでしょう。

婚約者の気持ちを射止めることはできずとも、愛し守りたいような可憐さはなくとも、それなりに整った容姿であるのだと、思います。

アレッサンドロ様に告白まがいなことをされた件には驚いてしまいましたが、アルマお姉様や、行く先々で市井の方々に褒めていただいていることから、自分の見目はそう悪くないのだと思えるようになったのです。

宮廷にいた頃は、王子の婚約者であったから褒められていたと考え、勘違いして驕らぬよう気をつけておりましたから、己の美醜は悪態にこそ真実があると思っていたのです。

(確かにわたくしは、宮廷育ちで王子の婚約者として恥ずかしくないよう美容も磨かれていましたし……今もアルマ姉様のおかげで不自由もない)

あの時、王子に見捨てられたわたくしが辺境の修道女になっていたなら、きっと違ったでしょう。

冷たい水を使っての清掃や、慎ましい生活の日々にスキンケアなどする余裕がないことを、わたくしのような世間知らずの小娘でも知っています。

修道女たちは肌を整えることも、梳《くしけず》ることも贅沢であるとし、質素な暮らしをして神にお仕えして世界の安寧を祈るのです。

（あの時は、修道女になって生涯を神に祈りを捧げ暮らしたいなんて言ったけれど、きっとその生活に耐えられなかったと思うわ）

貴族の令嬢として暮らす中で、人々に傅《かしず》かれ、美しく磨かれることも仕事の一つでした。

修道女になればそれらを失い、自分のことをすべて自分で行わねばならないのです。

アルマ姉様との生活を始めた頃、そういったことが何一つ覚束なかったわたくしには、きっと辛い日々になっていたに違いありません。

強引だったとはいえ、アルマ姉様がわたくしの姉になると申し出てくれて、それがどれほどの幸運だったのかと今では神に感謝する日々です。

アルマ姉様は、優しい。

わたくしも、市井で暮らすようになって人々がどれだけおおらかなのかを知りました。

罵声を飛ばし合っていたかと思うと次の瞬間には笑い合っていたり、皮肉の応酬があったり。

それらは貴族同士の表向きとても穏やかで、友好的に見えていながら、実は相手の言葉尻に滲む失敗を待っている、そんな世界とはほど遠いと知って驚いたものです。

まあ、勿論、市井でも商人たちだけでなく、言葉を生業として自分を優位に立たせようとする方々はいらっしゃるようですけれど。

……それでも。

(アレッサンドロ様がフォルカス様の弟君だとしても、あの発言、わたくしとしては到底許せるものではありませんですわ！)

アルマ姉様のことを『平々凡々』ですって？

艶のある黒髪に、青い目はいつだって聡明で澄んでいるし、わたくしを撫でてくれる手の優しさも、悪魔を前に笑みを浮かべて戦う姿も、何も、なにもなにも！

何にも、これっぽっちも知らないくせに!!

なんて勝手にものを仰る方なのかしら！

(そんな人に褒められても、嬉しくなんてないわ)

姉様が作ったジャンバラヤという料理の載った皿を持ったまま、わたくしの前に立つアレッサンドロ様に腹が立ちました。

真面目な話し合いの最中も召し上がっておられたので、あれはおかわりなのでしょう。

まったく、厚かましいったら！

彼はわたくしが何故怒っていて、拒絶しているのかまるでわかっていやしないのです。

「よそへ行ってくださらないなら、わたくしが席を立ちますわ。どうぞこちらでお好きなだけお寛ぎくださいませ！」

野営なのだから好きなところで食べればよろしいのよ。

だけれど、わたくしの傍には近寄らないでいただきたいわ。

その気持ちを込めて睨み付けて席を立つけれど、姉様はあいにくフォルカス様と語らってらっしゃるし……オリアクス様は、少し周囲を見てくるからと出て行かれてしまいました。

（こうなると、わたくしは独りぼっちだわ）

そう思ったらため息が思わず出てしまって、情けない気持ちになって思わず俯いてしまいます。

落ち込んでしょげていると、先ほどまでお姿が見えなかったディルムッド様が私の目の前にやってきて驚いた様子でこちらを見ていました。

「どうした？　イザベラ」

「……ディル様……」

「ん？　……ああ、坊ちゃんに捕まってたのか。そりゃお疲れさん」

わたくしの後方に視線を向けたディルムッド様がにやりと笑ったかと思うとそう仰ったので、なんとなく見透かされた気がして悔しゅうございました。

「姉様たちのお邪魔はしたくありませんの」

「そうかい。じゃあ、こっちに来てみろよ。お前が好きそうな花が咲いているぜ」

「まあ！」

「気晴らしにはもってこいだろう？　ついでに俺の冒険譚も聞かせてやろうか？」

わたくしが答えるよりも前に、ディルムッド様はわたくしの手をとって歩き出しました。

それが、この方なりの気遣いだと、わたくしは知っております。

「……どうせだったら、わたくしには想像もできないような、すごいお話を聞かせてくださいませ」

「はは、そりゃ責任重大だ」

笑ったディルムッド様に、わたくしも笑顔を返したのでした。

幕間　重い腰を上げる時がきた

所在なさげにしているイザベラを前に、俺は思わず彼女の手を取っていた。

フォルカスとアルマの件や、その他……まあ、あの弟クンに関しちゃあ初手が悪かったとしか言いようがないが、とにかく俺は今のところ傍観者に徹するつもりだったんだ。

彼女と俺の境遇は、どことなく似ている。

実の親に蔑《ないがし》ろにされて、利用価値があるとわかった途端に掌を返されたところとか。

冒険者仲間に、救われたところとか。

血の繋がらない家族に、愛されているところとか。

(俺もヤキがまわったか)

これでもジュエル級冒険者、それもカルライラ辺境伯の息子という肩書きもプラスして、俺を利用しようと近づいてくる人間は掃いて捨てるほど見てきたし、逆に利用もさせてもらった。

そういう点では、清らかな生き方をした結果、窮屈な思いをしてきたであろうイザベラは俺にとって少しばかり眩しい存在であり、大事な友人であるアルマが可愛がっている妹であり、相棒が将来の義妹《いもうと》として心の内では思っていることを知っているので距離感が難しい存在なのだ。

別に嫌いじゃない、むしろ好ましい。

少なくとも、彼女のためにあれこれと協力したのはアルマのことがあるからってだけじゃなかったのは、確かだ。

だからといってこれが似たような境遇の同士に対する憐憫の情なのか、応援の情なのか。

或いは、年頃の美しい娘に肩入れする、男としての見栄なのか。

そんなことを考えるくらいには、イザベラという少女のことを好ましく思っている。

(まあ、少女なんて言い方は失礼か)

俺が年上だからって、彼女とそこまで年齢が違うわけじゃない。

アルマと俺は同じくらいの年齢だから、イザベラにとっても俺は兄みたいな存在に見えるのかもしれないし。

(そりゃ無理があるな)

イザベラには兄がいた。

偏愛してくる、厄介な存在だったと後で聞いた話だ。

兄貴って生き物に対して、碌な思い出がないかもしれない。

そもそも俺に対しての彼女の態度も微妙で、お互いに距離が測りきれない感じがする。

アルマと同じ冒険者、姉の友人。

最初はその関係性で、懐いてくれていたように思うが……俺がカルマイール国王の隠し子だって事実を知ってからは、どこか困ったような、一線を引いた態度をとっている気もする。

そりゃまあ、そうだろう。

あの国王《おっさん》ときたら、俺の存在など知らぬ存ぜぬで過ごしてきたくせに大事な、、、一人息子、、、がやらかした途端、俺を表舞台に引きずり出そうとしたんだから笑っちまう。

その挙げ句に、それまで酷い扱いをされていたイザベラに対して俺と結婚すれば万事解決だろうってな意味合いのことを言い出したんだからそりゃ警戒もされちまうわな。

俺はカルライラ辺境伯ライリーの息子だ。

そりゃ種は違うだろうが、それでも俺にとっての父親は誰かなんてわかりきっている。

育て慈しみ、時に厳しく接してくれた、そんな人が父親だ。

玉座をちらつかせるだけのおっさんに、なんの情が湧くだろう？

（でもイザベラからしてみりゃあ違うだろうな）

たとえ俺にその気がなくとも、国家の危機的なことになるならば親父だって俺に戻れというかもしれない。何故なら、親父はカルマイール王国の貴族だから。

一応、秘密にされてはいるが俺の双子でありながら、登録上は一つ上の姉ということになっているヴァネッサの存在を明かせば、ヴァネッサに玉座が転がり込むこともあるかもしれないが……。

（アイツが女王になんざなった日には、カルマイール王国は軍事国家一直線だな）

身内の欲目を抜いたとしても、ヴァネッサの見た目は淑女然とした美女だ。

だが双子だからこそわかる、というかカルライラの一家はみんな知っている。

ヴァネッサが、うちで一番の脳筋だってことを。

「……ディル様？」

「ん？　ああ……なんでもねえよ。次は何を話そうかと考えてたんだ。そうだなあ、湖に住む人魚の話なんてどうだ？」

「まあ！　人魚は海にしかいないのかと思っておりました」

「アイツらおもしろいぜ、女はお前が想像している人魚そのものだけど、男は半魚人だからな。近隣の村と上手くやっていて、魚で物々交換をしてんだ」

「まあ……！」

アルマとフォルカスがいい雰囲気になってやがるから、アレッサンドロの坊主に言い寄られて逃げたイザベラに逃げ場がない。

だから俺はそれを担っただけ。

そう言い訳を続けても、俺の隣でどことなく距離を保ったまま無邪気に笑うイザベラを見て、思うところがないわけじゃあ、ない。

というか、こう、胸の内がもやもやしている事実に、それがなんであるか俺はきちんと理解していて、そろそろ認めざるを得ないのだとため息が漏れた。

「……ディル様？」

「なあイザベラ。俺はカルマイール王国のために生きることなんざしねえし、自由に生きる」

「は、はい」

「だから、そう距離を置くなよ。俺は、アルマと同じ自由を掲げる冒険者のディルムッドだ」

「……は、い……」

「イイコだ」

手を伸ばして、イザベラの髪を撫でてやる。

子供にするような撫で方じゃない。きちんと、レディとして繊細に触れた。

そのことを聡い彼女は気づいたのだろう、さっと頬を朱に染める。

見ていて、気分が良かった。

遠目に、フォルカスの弟クンがこちらを険しい表情で見ていたがそれこそ知ったこっちゃねえ。

（アルマにゃそのうち言い訳しまくるしかねえなあ）

いやまあ、これだけの美人を口説かないのは男として問題だろうと思うし、アルマからすればイザベラは極上の美女なんだからそこは納得してもらいたいもんである。

（同情なんて言葉でいつまでも誤魔化してちゃ、〝神薙《かんなぎ》〟の名が廃るってもんだろ）

ここにアルマがいたなら『イザベラに寄るな触るなコンチクショウ、そもそもお前は〝豪腕〟だ』なんて一息にツッコんでくるんだろうなあと思ったらなんだか笑えた。

それを見たイザベラが、むうっと口を歪める。

「おっと、違うぞ、お前の顔がおもしろかったんじゃねえよ」

「どうだか！」

「参ったな」

表情が豊かになった。ふとそんなことを思う。

貴婦人として凛と振る舞う姿は、さぞ宮廷内にあって高嶺の花として遠巻きに見られ、褒めそやされていたに違いない。

少々、彼女が完璧に何でもこなすがゆえに求められるものが大きく、それを口にする連中は声がでかかったようで、一部の貴族たちからは無粋な連中だと嫌われて今じゃあ居場所がないとか聞いたっけ。

そんな話を今更イザベラに聞かせたところで、彼女の心にとって慰めにはならないのだろう。

今のコイツの居場所は、アルマの隣だ。

アルマは可愛い妹に世界を見せてやると息巻いていたから、そのうちイザベラにとってやりたいことも見つかるんだろう。

今はまだ、聖女とか、責任とか……そういうのが残っていて落ち着かない様子だが、そいつが終わればいくらでも楽しいことに目を向けることもできる。

（そん時になりゃ、アルマの手を摑みっぱなしってこともねえだろうし）

フォルカスとアルマを二人にしてやって、今度は俺がイザベラと二人であちこちに行くってのは、どうだろう?

「なあ、イザベラ」

「……はい、なんでしょう」

まだ先ほどのことを引きずっているのか、ややツンケンした態度でありながら俺に対してちゃんと反応を返すところがなんて可愛いんだろう。

「そう拗ねるなって。今度はとっておきの話を聞かせてやるからさ」

今はまだ。

彼女にとって姉の友人、その立ち位置で、ちょっとずつ距離を縮めよう。

もう遠慮はなしだ。

決めたからには攻めの一手。それが俺のやり方だ。

とはいえ、少なくともそれは、今回の問題が済んでから。

それまでに、保護者対策でもしっかりと練ることにしようと俺は心に決めて、期待に目を輝かせたイザベラに向かって珍しい話をしてやるのだった。

第四章　黒竜帝、かく語りき

その後、私たちはアレッサンドロくんと打ち解けられないままフェザレニアの王城へと足を踏み入れていた。微妙な空気だったな……。

表向きとしては王子であるフォルカスの帰参であり、私たちは旅の仲間として同行したってことになっている。

まあ、嘘じゃないし……むしろその通りだし？

ただ、イザベラが他国の公爵家出身だとか、私がフォルカスの番《ツガイ》だってのが公にされていないってだけでね！

女王様がご存じならそれで十分だろうから、特に問題ないんでしょ。多分……。

（まずは女王様との謁見からだっけ、フォルカスの弟妹たちへの挨拶は黒竜帝に会ってから。さてはて、どうなることやら）

とりあえず〝王子の仲間ご一行〟ってことで、待遇は破格なのだろう。

私たちが通されたのは、客人待遇としてはかなり厚遇な豪華な部屋だった。

正直、カルマイール王国で通された客室よりも上な気がするね。

ふっかふかのソファに座るとこれがまた心地いいのよ、これ買えないかな……。

フォルカスは大臣さん？　だったかな、ちょっと偉そうな人に呼ばれてアレッサンドロくんとディルムッドと一緒に出て行ったっきり、なかなか戻ってこない。

まあ、フォルカスによると彼が継承権を放棄した後もまだ疑う貴族たちがいるらしいんだよね。

大臣さんが味方か敵かは知らないけど、フォルカスにその気持ちは微塵もないからなあ。

（フォルカスが先祖返りってことは、どのくらい知られてるんだろう）

事情を知っているなら、そんなこと考えないだろうけど……でもまあ、王族が竜の血を引いているっていうのをプラスに捉えるか、マイナスに捉えるかで変わるからなあ。

近しい貴族ならともかく、末端だと知らない可能性は高いか。

（それなら無難に王族だけの秘密ってことにするのがいいんだろうなあ）

厄介だねえ、偉い人たちって！

フォルカスの番《ツガイ》だって知られるようになったら、私もそれに巻き込まれるのかなあ？

だとしたら、偉い人たちとはなるべく関わり合いがないようにしたいなあ。

なるべくフェザレニアでは依頼を受けない方向で。うん、これでいこう。

「姉様、大丈夫ですか？」

「え？　ああ、うん。ごめんね、心配かけちゃった？」

「はい、先ほどからため息ばかり吐かれておられるので……」

そんなにため息を吐いていただろうか？

イザベラが心配そうにしているから、そうなんだろうなあ。

反省反省！　私は心配そうにするイザベラの頭を撫でて気持ちを切り替えることにした。

面倒くさいって思ってばかりじゃいけないね！

まずは女王様にご挨拶して、黒竜帝との面会。

それから例のブラコン妹と対峙するっていうイベント盛りだくさんなんだからね!!

「ふむ、あやつも我々が来るのを楽しみにしてくれているようだ」

気合いを入れ直した私に向かって、オリアクスが微笑んだ。

聞くまでもないけど、あやつって黒竜帝のことだよね……？

ああ、うん、茶飲み友達だもんね……その事実は女王様に告げるべきなのか否か。

いや、そもそもオリアクスのことを『父親です』って紹介すんのかどうか、まずはそっからだったな！　私!!

（……黒竜帝に会ったら、はっきりする。でも、はっきりしなくても、オリアクスは私を『娘』としてこう、確信を持っているわけでしょ？　ただ私だけがって状態であって……いやまて、これは良いチャンスでは！）

私だってオリアクスを父親として敬うのはともかく、肉親（？）として認めていないわけではないのだ。

この際、フォルカスにとっての障害になるかどうかっていう最難関と思われていた黒竜帝が反対しないのであれば特別問題ないとわかったんだし、今更どの面《ツラ》下げて『お父さん』って言えるかボケぇ！　って思っていたこの状況を覆す良いチャンスなのでは!?

流石に甘ったるい声を出しながら『パパ♡』とか呼んであげる趣味はないので、これからはなんて呼ぼうかなあ、どう呼んだら驚くだろうか。

なんだか目的が驚かすことにシフトチェンジしたような気がしないでもないが、これはこれで楽しそうなので気にしない。

「……？　姉様、今度は楽しそうですね？」

「うん、いいこと思いついたんだ！」

「よくわかりませんが、アルマ姉様が楽しげでなによりですわ」

「ありがとう、イザベラ」

見てなさいオリアクス！

せいぜい、驚いてから喜べばいいよ!!

「失礼いたします」

「お？」

「お召し替えの準備が調いましたので、どうぞこちらへ」

「……お召し替えェ？」

妙な言葉に思わず私から変な声が出てしまった。

妹の手前、いかんいかん。いかんぞアルマ！

私たちの前には、偉そうな態度の侍女さんを先頭にずらりと並んだ侍女さんたち。

「女王陛下との謁見を前に、お召し替えをしていただきたく」

「……へえ？」

「陛下の御前に出られるには、お客様方のお召し物では少々不足かと」

「なるほど？」

つまり、女王様の前に出るのに私たちの格好じゃみっともないってことか。

しかし謁見って言ってもさあ、国家行事的なものじゃないもっと気軽なものなはずなのよね。別にどっかの特使とか、緊急事態とかでもなんでもないし、すごい功績を称えられるとかそういうのでもないし。

ぶっちゃけ、フォルカスの里帰りついでに面会するだけだしね？

（まあ、メインは黒竜帝に会うことだし。後は……一応、会いたくはないけどフォルカスの妹さんが転生者かどうかって確認することかな）

だから女王様に謁見がメインじゃないんだし、そんなこと言われてもなあと思ったわけですよ。

なので、きっぱり断らせていただいた。

「いやあ、そういう堅っ苦しいの私、苦手なんで遠慮しておきますよ。あ、でもイザベラはどうする？　たまにはこういうオシャレしたい？」

「わたくしも結構ですわ。だってこの後、すぐに出発するのでしょう？　でしたらいちいち着替えるのも時間が勿体ない気がいたしますし」

色とりどりのドレスを持ってきた侍女さんたちは断られるなんて予想外だったんだろう、唖然としたかと思うと慌てて私たちの傍に立つオリアクスの方に、助けを求めるような視線を向ける。

だけど、まあオリアクスだもんねえ。

彼女たちの視線に気がついて、にっこりと笑みを浮かべたかと思うと首を左右に振った。

「二人が着飾ったところは見たいが、本人たちにその意思がないなら私からは何も言えないねえ」

「そ、そんな……！　いくらフォルカス殿下のお連れ様でも、一介の冒険者が女王陛下に謁見できることはとても名誉なことなのですよ！　失礼のないよう身なりを整えるのは当たり前の……」

「ふうん、そうなの？　なら私は謁見しなくてもいいけど」

「ええっ!?」

正直、そんな面倒なコトしなきゃ会えないなら、別に会えないでもいいよ。

フォルカスには悪いけど、また別の機会ってことでも構わないんだし。

そう思って言った私の言葉に、侍女さんはギョッとして顔を青くしていた。

「姉様、さすがにそれはフォルカス様が可哀想ですわ。想いを通い合せたのでしょう？　ご家族に紹介したいと思うのはごく普通かと思いますし……」

「だけどさあ」

女王様への謁見がどれだけ栄誉なのか熱く語られても、私としてはただ面倒っていうか。

イザベラが一応フォローしてくれているけど、全然フォローになってないのが笑えるね！

とはいえ、確かにフォルカスにとっては大事な家族だものね……挨拶くらいは確かにしたいんだけど……でもわざわざ着替えて取り繕うよりも素の私を見てもらった方が話も早いんじゃないかなあとも思うのよ。

そこんとこ、どうなのかしら。

「そもそも私たち、女王様に謁見しに来たわけじゃないよね？」

「はい。ですが主目的は別であっても、ご家族にご挨拶をするというのは目的の一つでしょう？」

「フォルカスのお母さんにご挨拶はするけど、フェザレニアの女王陛下にご挨拶ってわけじゃないのよねえ」

「複雑な乙女心ですわね！」

「ええ……？」

イザベラが楽しそうに笑う姿はとても可愛らしいけど、ちょっとそれは違うんじゃないかなあってお姉ちゃん思いますよ？

「じゃあまあ、そこはフォルカスが戻ってきたら相談しようか。着替えないなら会わないって女王陛下が仰るならそれに従って私たちは先に黒竜帝に面会しに行くだけだし」

「なんですって……!?」

「それに貴女が誰か知らないけど、私は冒険者のルールに従っているだけ。王族相手でも臣下のように振る舞うのは違うもの」

敬意は払うよ、うん。

自分がちゃんと敬語使えるのかって問われると若干……いや、かなり？　心配なところではあるんだけども。

前世でもあんまり国語の授業とかは得意じゃなかったのよねえ。

まあ、ここまで無事に生きて来られたんだしなんとかなるよ！

「そういう意味では姉様はジュエル級冒険者として膝をつく必要はございませんわ。さすがにその、公の場であるならば服装など必要に応じて求められるかもしれませんが……今回は私的なものですし、女王陛下もそのように無理は仰らないと思います」

イザベラが私の言葉に頷いてくれた。

うん？　でもこの物言い、イザベラってフェザレニアの女王様のことを知っているんだろうか。

私の視線を受けて、イザベラは視線を侍女さんに向けたまま言葉を続けた。

「わたくしも、これでも諸外国の王侯貴族については学んだ身ですから。フェザレニアの女王陛下と言えば大変お美しく、国民に慕われる慈愛に満ちた方と聞き及んでおります。そのような御方が、相手が冒険者だからと服装に無理強いをされるとは思いませんわ」

特に見苦しい訳でもないですし。

そう言い加えたイザベラは偉そうな侍女さんを見つめたかと思うと、まさしく悪役令嬢を思わせる酷薄な笑みを浮かべたのだった。

うちの妹、かっこいい……！


あれからまあ、侍女さんたちとのやりとりの結果。

必死に着替えるように訴える偉そうな侍女さんや、まさか断られると思わなかったのか卒倒しかける侍女さんまで現れてそりゃもうなんか……大変だったのよ。

その上、オリアクスが飽きちゃってさあ、面倒だからこの場をフォルカスたちに任せて自分たちだけで黒竜帝に会いに行こうとか言い出すし。

状況は結構カオスだったのよ？

まあそんな押し問答をしていたら、フォルカスが戻ってきて結局何も着替えず、こうして無事、謁見に臨めるようになりましたとさ。めでたしめでたし。

「ようこそ、客人《まろうど》たちよ。我がフェザレニアがあなたがたの翼を休める地となりますよう……」

目の前には絶世の美女ってやつが座って優しい笑みを浮かべている。

長く真っ直ぐな艶のある黒髪に、淡い緑の目を持った美女でこの国の女王様だ。

その面差しは私の隣に立つフォルカスとどこか似ていて……まあ当然だよね、親子だもん!!

「母上、……彼らが来ることを、誰に告げたのですか」

「あらあら、フォルカス、そう不機嫌さを露わにするものではありませんよ。……わたくしが誰に何を告げずとも、そなたがこの国を目指していることを見た者は少なくありません。多くの権力を持つ者たちの目はどこにでもあるということを、そなたはよく知っていると思いましたが」

「む……」

私やイザベラが着替えを強要されたのは、やはり女王様の意向ではなかったらしい。

フェザレニアの女王陛下というのは慈愛に満ちた方で、上手に国を治めている人格者として他国では知られているとのこと。

人々の暮らしも豊かで、人種の多様性だけじゃなく宗教なども複数あるのに上手く折り合いを付けて暮らしている様をこの目で見てきたから、そこは疑う余地もなく、この目の前の女性は為政者として優秀なのだろう。

それよりも何よりも、私にとって驚きなのはまさかそんなすごい人物が五人の子持ち、しかも孫もいるおばあちゃんとは思えないほどの美人だってことだよ。

ホントどうなってんだこの世界!!

「それよりもそなたの仲間と、大切な女性をわらわに紹介してくれるのでしょう？　母はそれを楽しみにしていたのですよ？」

「……私の隣にいるこの男はディルムッド、相棒です。そしてこちらのアルマが私の番《ツガイ》です。この二人は私と同じジュエル級冒険者で、心技共に信頼に足る人物です」

「ドーモ、ディルムッドです」

「ええと……はじめまして……」

ふわりと微笑みながらこちらを嬉しそうに見つめてくる女王様にディルムッドと私はなんとなく、こう、居心地悪さを覚えているっていうか、気恥ずかしいっていうか？

いや、友達の親御さんに会うとかはさあ、やっぱこう、緊張するっていうか。

「フォルカスのヤツがベタ褒めとか、こっちの身になれってんだよな」

「ほんと、それよね……」

私たちがぶっきらぼうな応答になったのは、ひとえにフォルカスのせいだよ！

あんな真面目くさって褒めしかない紹介をされたら誰だって戸惑うでしょうよ。

あああああ、うん！　どういう顔しろって!?

とりあえずなんとかハジメマシテだけは言って笑顔を浮かべたつもりだけど、ちゃんとできてたかな？　おかしくないかな？

（さすがに女王様に変なヤツって思われたら目も当てられないわあ）

交際相手の親御さんにマイナスイメージを持たれるところからスタートはちょっとね。

そんな私たちの様子に気づくこともなく、フォルカスは私たちからオリアクスとイザベラへ視線をずらした。

「それからこちらはオリアクス殿と、アルマの妹でイザベラです」

「お初にお目にかかる」

「お会いできたこと、光栄にございます」

女王様は二人を見て少し目を細め、ほうっとため息を一つ。

……視線は、イザベラをしっかりと捉えていた。

（さすがに女王様はご存じってか）

まあ、そりゃそうだろうね。

私の妹として紹介されたとはいえ、イザベラは次期カルマイール王国の国王と目されていた王子の、婚約者という立場だった女性だ。

そんな彼女は社交の場に立つことだってあったのだから、フェザレニアの女王陛下と面識があったとしてもおかしくないし、もしなかったとしても、今回の件はあの国にいるであろう駐在大使などからすでに聞いているはずだ。

イザベラはさほど交流はなくとも大使はいたと記憶していたから、間違いない。

「……そうですか、貴女はアルマさんの妹なのね」

「はい。さようにございます」

そのことはイザベラだって百も承知でハジメマシテという態度を貫いているのだろう。

というか、〝公爵令嬢イザベラ＝ルティエ〟って存在は、カルマイール王国を出る時に捨ててきたのだ。だから〝アルマの妹イザベラ〟が正しい。

そういう意味では正しく『ハジメマシテ』なのかもしれない。ややこしいな。

「姉妹仲はよろしいのかしら？」

「ええ、それはもう」

イザベラと私は、女王様の問いに顔を見合わせて笑った。

私たちの様子に安心したような笑みを浮かべてくれた女王様はもしかして他意などなく、イザベラが今まで苦労してきたことを心配してくれていただけなのかもしれない。

フォルカスがどんな風に伝えているかわからないし、どこかで伝言ゲーム的な尾鰭《おひれ》とかがあったかもわからないしね……後で少し確認した方がいいかもしれないなあ。

よその国にはどんな風に伝わっているのかってのはちょっとこれから気にした方がいいかもしれない。これもいい機会だろう。

「ちなみに……オリアクスは私の父親です。家族揃ってご挨拶できて、とても嬉しく思っております。どうぞよしなに、フォルカスのお母様」

どうだ！　これ以上ないほど自然に父親呼び、加えて恋人の母親にご挨拶してやったぜ!!

なんかオリアクスが黙り込んじゃったのが気になるけども。

「まあまあ、そうだったのですね……！　あらじゃあ、これで両家の顔合わせもできたということとになるのかしら。なんともめでたい話だわ！」

「え？」

「アルマさん、息子のことをどうぞよろしくね。融通が利かないところもあるけれど、責任感のある優しい子だから……」

「え？　はい。え？」

女王様が気さくにそう笑ったかと思うと玉座から下りてきて私のことをギュッとハグしてくれた時にはどうしたもんかと思っちゃったよね！

「添い遂げるのは大変かもしれないけれど、何かあったらいつでもわらわを頼ってくださいね。姑として全力でお嫁さんの味方をしますから」

「ええ……？」

いやうん、付き合ってすぐに別れることを前提に話をするつもりはないけど、添い遂げるとかそういうところまで飛躍するの？

やっぱり番《ツガイ》ってそういうものなんだねえ、わかってたけどさ。

「それからアレッサンドロがお二人に大変失礼な態度をとったそうで……こちらも母親として大変申し訳なく思っているの。ごめんなさいね」

「いえ、女王陛下のせいでは……」

「フォルカスも叱ってくれたので大丈夫です」

「ありがとう、二人とも優しいのですね。今後も何か迷惑をかけてくるようであれば、それはもう容赦なくやり返してくださって構いませんから」

女王様のお墨付きをいただいたけど、その前にアレッサンドロくんを近づけさせないっていうことはないいんですかね。まああえて言うほどのことでもないから黙っておいたけどさ。

（しっかし、改めて結婚前提って自分たち以外の人から言われると実感あって照れるな……）

でもまあ、今すぐするつもりはないって私の気持ちはフォルカスにも伝えてあるし、こういうのは自分たちのペースでゆっくりね。将来的には、くらいの気持ちでさ。

うん、それでいい。それがいい。

それはともかくとして、転生者云々のお話は女王様も理解を示してくださった。

というか、ごくごくたまにだけれど『前世の記憶を持った人間』というのは現れるものらしく、ただ、今回の件のように未来を予言するような人物が現れた記録はないということ。

娘さんにもそれとなく話を聞いたけれど、はぐらかされたらしい。

女王様いわく、何かを知っていそうとのことだったのでそれは黒竜帝に会ってからの話だ。

そうして私たちは女王様との謁見……というよりは、〝フォルカスのお母さん〟とのご挨拶を終えて黒竜帝に会いに出発したのだった。


城から黒竜帝が住まう山への道は聖域とされている。

そのため、王族、ないし王家の許可を得た者以外入れないって話だ。

モンスターなどは滅多に出没しないけれど、険しい山道に雪や風が強く吹き付けることもあって普通には登れない……と説明を受けたんだけど、これがなんか……超らくちんになりました。

何故ならオリアクスがよくわからない黒い馬だか牛だか……なんだこれ、生き物なのかそもそもわからないようなものを召還して私とイザベラを乗せてくれたのよ。

これがまあ有能なのなんのって。

さくさく登るのよ、コイツ。風？　雪？　知ったこっちゃないねって感じで。

乗り手側としては揺れも少ないわ安定してるわふかふかだわで苦労知らずとはまさにこのことですよ。人のいるところでも大丈夫そうな見た目だったらずっと乗ってたいわってくらい。

フォルカスとディルムッドの分も召還してくれて、全員でそれに乗って移動っていうちょっと不思議な光景が今、神聖な山には広がっているのがまた面白いよね！

（……悪役令嬢、か）

揺られて山を登りながら、私はボンヤリ考える。

私が前世の記憶で知る、物語の中で語られた〝悪役令嬢〟も、今世で出回っている小説の〝悪役令嬢〟も、とんだいい迷惑だなと思うね！

とりあえず世界の命運がどうのこうのってのはイザベラには関係ないと思いたい。

なんせ、彼女が演じるべき役割は終わったはずなんだから。

しかし、悪役令嬢だの聖女だの、魔王だの……それに加えて転生者ってのがこうポンポンと単語上でも現れるとなるとシャレにならないよなあ……。

かくいう私も転生者だし、知らないとはいえイザベラの兄、マルチェロくんも転生者だし。

その上フォルカスの妹までもが転生者で、元となった漫画だか小説だかを知っているとなれば、それはもうただの偶然で済ませるにはできすぎているってことで……。

（だとしたら、誰が？　なんのために？）

それぞれ記憶を取り戻したきっかけが問題なのか、転生者を招く何かがあるのか、聖女ってそもそもなんだとか……黒竜帝がどれだけ知っているかでまた話は変わるんだろうなあ。

オリアクスもなんだか張り切ってくれているので、情報の集まり具合に期待が持てるね！

ちなみに謁見の場で私の父親発言以降黙り込んでしまったのは、突然のことに対応できず不機嫌になったとかではなく、あんまりに嬉しくて念話を飛ばしていたんだそうだ。

お相手は黒竜帝だそうで、自慢しまくったんだそうです。

ニコニコしながらそんなこと言われたけど、ご迷惑おかけしましたって話だよ!?

いや、まあ、うん。喜んでくれているならなによりなんだけどさ……黒竜帝に対して話を聞く前に謝罪案件が出てくるなんて思いもしなかったわあ。

「あそこだ」

フォルカスに示された場所は、山頂にしては拓けた場所だった。

それまで険しいばかりだった山中に突如として現れたその場所は、不自然に広い。

私たちがそれぞれ不思議な生き物から下りると、生き物たちがぬるりと影の中に消えていった。

うわ、不気味……お世話になったのにそんなこと言ったらアレなんだろうけど。

そんな風に思わず生き物っぽいやつらが消えていった所をなんとなく見ていると、頭上から声が響いた。

『よくぞ来た、我が子孫よ……そして古き良き友よ！』

ごつごつとした岩肌と、見たこともない野草が風に揺れる中で聞こえた声に顔を上げると、巨大な影が視界を覆う。

現れたのは、日差しを受けてキラキラと輝くオニキスのような鱗を持ち、赤い目をした巨大な竜——まさしく、黒竜帝と呼ぶに相応しい存在だった。

「ね、姉様！　ドラゴン、本物のドラゴンですわ……！　伝説の、黒竜帝様が目の前に……!!」

「そうだねえ。いやあ、圧巻だわあ」

竜種を見るのは別に初めてってこともないけど、これだけ大きくて強い竜に出会うのは初めてだ。

こんなにも存在感があるのに、今までまるで知らずに生きてきたのが不思議なくらい。

（違うな、黒竜帝はただ身を潜めていただけだ）

彼にとって世界の命運とか人間の動向なんてどうでもいいもので、フェザレニアがたった一人の番《ツガイ》の故郷であり、大切にしていた土地だからこの場に留まっているだけで……私の記憶が確かならば、絵本でもこう語られていた。

『黒竜帝と契りを交わしたという乙女はその命が尽きた際に霊峰へと葬られ、竜は彼女の墓を守るように眠りについたのでした。めでたしめでたし』

つまり、ここは黒竜帝の住み処であり大切な場所ってことになる。

幸い、フォルカスという子孫に加えて旧友とまで呼ばれるオリアクスという存在があるので、私たちは歓迎してもらえているようだ。

巨大な竜は私たちの前に降り立ったかと思うと、赤い目を細めて私たちを全員見据え、大きな尻尾をくゆらせたかと思うと――まばゆい金色に輝いて、その身を人の姿に変えた。

「この方が、話もしやすかろう」

先ほどまでの頭に殷々《いんいん》と響くようなものではない声が聞こえた。

眩しさに目を隠していた私たちが目をこらすと、光は徐々に薄れていってそこに人影が見える。

「遠いところを、よく来てくれた。歓迎しよう」

光が消えた頃には、そこに黒衣を身に纏った一人の老人の姿があった。

優しげな笑みを浮かべて立つその老人が、誰なのかなどと問う人間は誰もいない。

疑う余地なんてない。

この目の前の老人こそ、先ほどまでそこにいた恐ろしいほど強い力を持った竜であるとみんな理解しているのである。そして、私たちはそれぞれ動揺していた。

そりゃそうだろう、妖精族たちが幻術で時折人間に姿を変えることはあっても、それはあくまで幻を周囲に見せているだけだ。

でもこれは違う、根本的なところから作り替えているとしかいいようがない。

それを理解する私とイザベラとは別に、ディルムッドは「竜が爺さんになった」と呟いていたので彼は彼で動揺しているようだった。

だけど、もう一人。

オリアクスがあからさまに困惑した顔を見せたことが、ちょっとだけ意外だ。

（ああ、普段はお互い素の姿だからか。……そう考えると、オリアクスの〝悪魔としての姿〟ってどんなんだろう？）

人間の人生で考えればそれなりに長い付き合いだけど、そういえば知らないなあ。

そんなことを思わず考えてしまった私をよそに、フォルカスが黒竜帝に挨拶をするよりも前にオリアクスが一歩前に出た。

「おぬし……どういうつもりだ」

「どういうとは、どういう意味かな？　我が友よ！」

「誤魔化すな、一体何のつもりだと聞いておる！」

ビリッと空気が震えた。

え？　どういうことだ？　なんでオリアクス、怒ってんの？

一触即発、そんな空気を前に私たちが身構える中で、黒竜帝はオリアクスをただじっと見つめ、喉を鳴らすようにして笑っている。まるで、楽しくて仕方ないと言わんばかりに。

その様子に、オリアクスが苛立ったように眉を跳ね上げた。

「さて、わからんのう」

「わからない？　わからないはずがなかろう！」

黒竜帝のはぐらかすような物言いに、オリアクスが声を荒げる。

そのたびにビリビリと空気が震えて、私たちは呆気にとられるばかりだ。

何が起きているんだろう、そう思う中でオリアクスは耐えられないとばかりに声を張り上げた。

「何故老人の姿などとるのだ！　我が輩が年齢を誤魔化しているようではないか!!」

「そこかい！」

思わず緊張もそっちのけで全力でツッコみましたとも、ええ。

いや普通にツッコむでしょ。何があったのかと思ったじゃないのよ……！

「なぁに、わしからしたら孫やひ孫どころではない子孫がおる身じゃし。おぬしはまだ娘だけじゃろう、それに合わせただけのことよ」

「絶対に嘘だろう！　我が輩を困らせるためだけにこのような手段をとりおってからに……あれか？　前回のチェス対決の時にいかさまだと疑ったことを今も怒っておるのか？」

「それに関してはまた話し合うとして、まあまずはわしにもてなし、を、させてもらいたいもんじゃの」

いかさまって悪魔と竜でもするんだとかどうでもいいことを知ってしまった。

とりあえず、黒竜帝はオリアクスの訴えを軽く流しつつ、持っていた杖の先をトンと地面に打ち付ける。すると私たちの周辺景色が変わって、そこは草原だった。

「えっ」

「ここは山中にある洞窟の中じゃよ。といっても、空間を歪めて作りだしたモノじゃがね」

「ひえ、規格外……」

魔術や魔法を齧《かじ》った人間ならわかる、その非常識さ。

空間を歪める魔法というもの自体はあるけれど、広大な空間を作り出すことがまず人間一人じゃ不可能なレベルだし、ましてや作り出した空間に魔力を持つ第三者が入り込んでも影響を受けないとかどういう安定の仕方をしてるんだろうか。

ちょっとその辺知りたいような気がするけど、黒竜帝は驚く私たちをよそに杖を持ち上げた。

「あそこがわしの家じゃ。茶を出すでな、ゆっくりしてくといい」

指し示された先にあるのは、小さな、可愛らしい家だった。

素朴で華美なところが一つもない、まるで町にあるような小さな一軒家。

「……ここは初めて来た」

「そうなんだ、ちょっと意外」

フォルカスは幼い頃から先祖返りを自覚してからこの方、何度も黒竜帝を訪ねたんだそうだ。

だけど、そんな彼でもこの小さな家のある空間に来たのは初めてなんだって。

(話を聞いた感じ、フェザレニアの王族には先祖返りをする人が今までも何人かいたはずだよね)

ということは、その人たちと黒竜帝は魂が近しい存在だというのだから、きっと彼らにとって相談しやすい相手でもあったはず。フォルカスが何度も訪ねているのがいい証拠だ。

多分だけど、王族はなにかの折につけて黒竜帝に挨拶しているんじゃないかな。行事みたいな扱いかもしれないけどさ……。

(でも、それってちょっと寂しくないのかな)

奥さんである初代女王を亡くしてからずっと、ここに一人で暮らしているなんて。

そんな私たちの様子に、黒竜帝がそっと笑った。

「普段はあまり子孫たちとも交流はせんのでな……今の世界に関与する趣味も、年寄りの長話に付き合わせることもなかろうて」

招かれて踏み入れた内部も素朴な造りで、ホッと安心するような気持ちになるのは何故だろう。

伝説の黒竜帝がお茶を淹れてくれると思うと緊張するけどね！

(……あれ……)

ふと庭を見て、……庭？　うん、まあ庭でいいや。

その家の庭の片隅に、小さなお墓のようなものが見える。

「あれは妻の墓だ。王城にあるのは偽りのものでな、初代女王の志はそこに置いてきたが……わしの妻は返してもらったのだよ」

眠りについた乙女の墓を黒竜帝は守り続ける……か。

案外、あの絵本は事実に忠実だったのかもしれないなあ。

（いやでも……建国からずーっとずっと、こうして一途に想い続けるって相当だな!?）

当人からしたら何にも変わらないのかもしれないけど、初代女王様ってもうすでに転生とかしてるんじゃなかろうか？　転生者って概念があるんだからさあ。

それを黒竜帝が気づかないとは思わないけど、言葉にするのは無粋ってもんか。

「さて、フォルカス坊が見つけた番《ツガイ》がまさかオリアクスの娘とは驚きじゃが……まずは祝おう。若き二人に幸多くあらんことを。後悔せぬよう二人で手を取り合い生きていくがいい」

「ありがとうございます」

「……ありがとうございます」

なんだ、結婚式みたいなことを言われると困るな？

とりあえずお礼はきちんと述べておく。こういうことは大事である。

「ご存じのようですが、オリアクスの娘でアルマと言います。……ところで、オリアクスから娘だと言われて受け入れたのはいいんですが、悪魔は子を生せない種族なので特殊な技術を用いたってことで証明ができないんですけど黒竜帝様はわかるんですか？」

「ふむ、そうさなあ。……オリアクス、お前、何も話しておらなんだか」

「聞かせるほどでもあるまいよ、我が輩にとってアルマが娘なのは事実なのだし……」

ちょっと、二人の間でわかり合ってないで教えてもらえると嬉しいんだけど!?

まあ、黒竜帝がオリアクスの娘って認識しているってこともこの目で確かめたわけだし、フォルカスも見ているから誰にも文句は言われないだろうから悩むほどのこともないんだろうけどさあ！

「じゃあ、まあそれはそれで今度オリアクスとじっくり話すことにします」

「話すほどのことではないのだけれどねえ」

「そうするといい。親子で過ごせる時間は、有限なのだから」

オリアクスはまだなんか渋っていたけど、黒竜帝の方は柔らかく微笑んでくれた。

うーん、さすが年の功？　子孫がたくさんいる人の余裕？

よくわかんないけど、包容力がすごい気がする。

それはともかく、折角お時間いただいたんだから聞くことは聞いておかないとね。

まさしく、時間は有限なのだ！

「黒竜帝様に、教えていただきたいことがあるんです」

「ほう、なにかな？」

「あ、質問があるのは私じゃなくて妹なんですけど」

「わ、わたくしアルマの妹でイザベラと申します！　黒竜帝様にはお初にお目にかかりますが、不躾ながら教えていただきたいことがございます」

イザベラが緊張した面持ちで前に出てお辞儀をする。

そんな彼女を見て、黒竜帝は何回か目を瞬かせ、不思議そうな顔をして首を傾げた。

え、それってどういう反応？

「あの、黒竜帝様……どうかなさいましたか？」

「そういうわけじゃないんだが……オリアクス、この娘も、おぬしの娘なのか？」

そこからか！

思わずツッコみそうになったけれど、オリアクスがニコニコして答えた。

「うむ、色々あってアルマが妹として迎えたのでな。よって私の娘であるよ！」

「ほうほう、それはそれは。いや、すまなんだ。聖女であるお前さんが、悪魔の娘を名乗るから不思議だと思うてなあ」

しれっとすごいこと言われたな!?　いや待って、聖女ってわかるのすごいな。

（聖属性の魔力を感じ取ったからだとは思うけど）

それにしたってすごいよね！

思わず感心する私の隣で、イザベラが決意の表情を浮かべて言葉を紡いだ。

「その聖女について、お教えいただきたいのです。何故、聖女は存在するのか。どうして、カルマイール王国にだけ聖女が大勢生まれるのか、その真実を……!!」

「また不思議なことを聞きに来たものだ。人の世にも記録が残されていたはずだが……誰も覚えておらんというのかね？　伝えられているものがあるはずなのだが」

「は、はい、申し訳ございません。わたくしは、黒竜帝様が仰る通り、かつて聖女として暮らしておりました。その際、教会の経典などに目を通しておりますが……聖女様が何故現れたのか、どのような方だったのかまでは……」

イザベラは自分がかつて聖女として生活していたことと、どのような活動をしていたのかを黒竜帝に語った。それは一人の貴族として民を導く立場もあったので、他の聖女たちよりも経典に目を通す機会が多かったから自信を持って言えるそうだ。

「当時のわたくしは貴族の娘として、国のため、民のために尽くすのが当然と思っておりましたが他の、多くの平民の少女たちはそうは思っていなかったように思います」

殆どの少女たちは〝聖女に選ばれた〟使命感のようなものなどなく、強制的に教会に召し上げられて聖女としての振る舞いを求められ、危険な地に向かわされるのだ。

（当然と言えば当然だよね）

多分だけど、イザベラと同じように聖属性に目覚めた貴族のご令嬢たちだって、そこまで使命感に燃えて行動していなかったと思うよ！

まあ、それはともかく。

教会という存在があること、聖女がいたという事実があるのに聖女を称える経典にはオリアクスが教えてくれた〝始まりの聖女〟についての記述があまりにもないのだ。

元々聖女とはなんなのかと疑問に思ったイザベラにとって、謎が深まるばかりな話である。

「他国にも聖女が時折現れるという話は耳にしております。では何故、カルマイール王国に聖女は常に現れるのでしょうか、それも複数人に……」

それ以外にも疑問はたくさんある。

聖属性に目覚めた少女たちの殆どが、成人するくらいにはその力を失ってしまうこととか、結界を維持する目的は一体何なのか、結界は誰が作り上げたものなのか、そしてカルマイール王国に聖女が現れなくなったらどうなってしまうのか。

イザベラはそれらを黒竜帝に向かって切々と訴える。

「……お恥ずかしながら、わたくしはそれまで〝聖女とはこうあるべきだ〟という周囲の言葉に従って生きて参りました。ですが、婚約破棄されてすべてから解放されてようやく疑問に思うことができたのでございます」

「なるほどのう」

家庭的な雰囲気のある部屋で、湯気の立つ良い香りがするお茶を飲みながらするような話でもない気がするけど、黒竜帝は気にする様子もなかった。

ただ顎を撫でさするようにして考えているようだ。

「どこから話すか。わしも竜族がまだ多く存在していた頃の長老に話を聞いただけじゃからな、どこまで正確かはわからんが……」

黒竜帝はゆっくりと思い出すように、言葉を紡いだ。

それはまるで、昔話を聞かせるような優しい声音だった。

「かつて、この世界が生まれてすぐの頃、種族は数えるほどしかなかったそうじゃ」

世界を作り出した神と、その子供である神々と、彼らの子供たちと呼ばれる知恵ある種族たちは距離がとても近かったのだという。

生きとし生けるものが手を取り合い助け合う、そんな世界を見て、神々は満足していた。

そしてある時、神々はこの世界から去ることを決めたのだという。その頃には種族は初めの頃に比べ、随分と増えていたらしい。

あらゆる種族が別れを惜しみ、このまま世界に留まってくれるよう懇願した。

だが、助け合えるお前たちならば大丈夫だと神々は去ったのだ。

(ここまではオリアクスが語ってくれたものとほぼ同じだね)

でも違った点は、困った時に使うようにといくつかの魔法を残したということか。

それらについては一度使用したら失われるとか、すでに戦禍で失われてしまったとか、色々言われているので定かではないいんだって。

「そして月日が流れ、種族同士の交流は続き……更に種族が増え、大陸は人々で満たされると今度は諍《いさか》いが起き始めた」

助け合う手は殴り合うものに、慰めや労りは裏切りの言葉に成り果てた。

それでも決して全ての種族がそうではなく、個と個の中で変わらずお互いを支え合う気持ちを忘れない者たちがいたのも事実だ。

しかし、争いが増えれば増えるほど、世界が暗闇に呑まれていったのだという。

そして人々は暗闇を恐れ、互いに責任をなすりつけあい……繰り返されるうちにとうとうそれは形を成してしまった。

「それが瘴気の始まりとわしは聞いておる。負の感情が充ちて形を成したものであり、それはありとあらゆる負と共にある。呑まれてはならぬとな」

「瘴気の、始まり……」

「そして、手を取り合う者たちが神々が残した救いに縋った。先に話した神々の魔法じゃな」

そうして現れたのが〝始まりの聖女〟だったのだ。

（なんだそれ……なんだそれ？）

思わずツッコみそうになる私だけれど、そこはぐっと堪えてみせた。

いやそれにしても聖女様、突然登場したな？

（……いや、待てよ）

神々の置いていった希望に縋った、つまり残された神々の魔法を行使したってことだよね。

その行使の結果、聖女が現れた？

私が至ったその結論に、同じようにイザベラも達したらしい。

ハッとしたように私を見た彼女の顔色は、少し青かった。

確かに、オリアクスも言っていた。異世界から招かれた聖女の話。

「その様子じゃと知っておるようじゃな、そう……〝始まりの聖女〟は異世界より招かれた人物じゃ。そして彼女は人々に請われるままに瘴気を消すための旅をすることとなる」

聖女の伝説は、確かに各地にある。

それが同じ人物を示すものなのか、違うものなのかは研究者の間でも論争が起きているのだけれど……黒竜帝の言葉通りならば、それらは始まりの聖女についてなのだろう。

しかし巡礼をした聖女について何故論争が起きたのかといえば、同一人物と思われる記述の聖女についてが数百年分に及ぶからだ。

聖女とは人間だ、聖属性を身に宿した希有な存在。そう学者たちは前提して話していたからこそ、そんな数百年に及ぶ同一人物の登場を認められるはずがないのだ。

聖属性は人間にしか現れない、謎の多い属性なのだから、聖女は人間であるはずだと。

「聖女は確かに人間じゃ、しかし彼女が持つ聖なる魔法は本当に不思議な力を宿していたという」

その謎も、黒竜帝が語ってくれたことで判明する。

とはいえ、そこからは私としては信じられない話の連続だった。

聖女は転生を繰り返したというのだ。

始まりの聖女は複数の夫を持ち、彼女と同じ性質を受け継ぐ子供たちを聖女として教育し、そして生まれ変わっては同じことを繰り返したというのだ。

「彼女自身、ここではない別の世界の神、その生まれ変わりであると語ったそうじゃ。果たしてそれが嘘か誠か、誰も知ることはできんでの」

黒竜帝もそこは首を傾げるところだそうだが……まあ、それはともかくとして、始まりの聖女はそうやって転生を繰り返し聖女を増やし瘴気を払うために奮闘したそうなのだが、まあ結果から言えば彼女の試みは失敗に終わった。

今でも瘴気を持ったモンスターとかいるしね！

「負の感情を欲するという点で言えば悪魔族と似ているかのように思うかもしれぬが、瘴気は瘴気。生き物ではない。あれは病のようなものだと思えばいい」

「病気」

「悪魔族は生きる糧として負の感情を喰らい、消化する。しかしその消化を凌駕するほどの瘴気が世界を満たしたので聖女が招かれ、彼女はそれまで存在しなかった〝聖属性〟というもので浄化を始めた。そういうことじゃな」

つまり世界の自浄作用としての種族はきちんと存在していたってことか。

で、それでカバーできなくなって瘴気が世界に蔓延したとそういう風に私は理解する。

なんかこう、頭ん中で情報が多すぎてキャパシティオーバーしそう。

そんな私をよそに、オリアクスが目をぱちくりさせて楽しそうに笑った。

「へえー、それは我が輩も知らんかったなあ！」

「オリアクスは知ろうともせんかっただけじゃろう、貴様は本当に自分のやりたいことしかせん悪魔じゃからな……まったく」

「ははは、悪いねえ」

「話を続けるぞ。たとえいかほど強い力を持つ聖女であっても、やはり限界はあった」

カラカラと笑うオリアクスに呆れたような視線を向けたかと思うと、黒竜帝はまた話を続けた。

聖女が大勢生まれる理由、その核心に向かうのだと気づいて私も知らず知らず、握った拳に力が入る。その傍らで、イザベラも前のめりだ。

「聖女は自分が聖女を産み育てるよりも瘴気の勢いの方が強いと悟ると、大きな瘴気の塊を抱え込んで地中深く眠りにつくことに決めた」

「えっ……？」

「巨大に成長した瘴気溜まりは、世界に悪影響を及ぼすのだと彼女は語ったそうじゃ」

生物ではない瘴気は、ただそこにあるだけだ。

だけどありとあらゆる生命に負の感情を植え付け、増大させる厄介な空間を生み出し、それは植え付けられた人間を起点にどんどんと拡大していったのだという。

（端っこから順々に浄化しても、浄化しても……広がる方が早いってんだからやってられなかっただろうなあ……）

始まりの聖女は、彼女が次代の聖女を生み出すよりももっと効率の良い、他の方法をとらざるを得なかったのだという。

それが、自身が瘴気溜まりに留まり浄化し続けるという形の封印のようなものだとかなんとか。方法については詳しくはわからないが、そんな感じのものらしい。

で、彼女が眠る地には彼女の血族ではなくとも聖女が現れるよう祈りを残したんだそうだ。その聖女たちの祈りによって浄化を行い、瘴気が広がらぬように結界を維持せよと。

「つまり、あの結界は……守るものではなく、閉じ込めるもの……？」

「伝承を信じるならば、そういうことになるかの」

その瘴気溜まりがあった土地こそが、今のカルマイール王国なのだ。

願い通りに現れる聖女たちの年齢が若いのは瘴気に呑まれぬ命の輝きを持つ者として、そして聖属性が失われるのは子を育みさらなる次代の聖女たちに繋ぐため。

世界各地に現れる聖女は始まりの聖女の子孫であり、カルマイール王国で現れる聖女は聖女の意思を受け継ぐ者たちってところか。

なんにせよ、強制的ィ！

（……いや、しかし、それって祈りっていうか……）

呪いじゃね？　そんな風に思ったのは内緒だ！

多分、みんな同じようなことを思っていると感じてはいるけど、言わない方がいいことだってあるもんね。っていうかなんかこう、不気味だ。

召喚された上に自称神様の転生者で？

更に転生を繰り返してたくさん子供を産んだ……？

いやいや、かなり無理があるからどこかはとんでもなく盛られた話だとは思うけど。

……でも、ここでも気になるといえば、そうだよなあ。

「転生、か」

私が声に出すよりも先に、フォルカスがその単語を呟く。

そうだ、転生。

私たちの前に出てくる、転生者という存在。

「転生者そのものは珍しくない。命は巡る、時にそれはお前たちが食らう植物であり、無機物であり、それぞれが役目を果たし生き物を生かし、また巡るのだ」

「まあ非業の死を遂げた無念などが瘴気に加わっていると考えると、転生ってのも綺麗なものじゃあないねえ。それを食らっていると思うとぞっとしないかい？」

オリアクスが答えにくい問いを私たちに投げかけてくるけど……いや、なんか食事するのにこれから鶏が転生者だったかもとか思ったら食べづらくなるから止めてくんないかな!?

「それを言うたらば、食らわれる命はいずれも生きたかったと恨み辛みを持つのだからなあ、どのようにしろ、瘴気の源である負の感情とやらはどこかで産み落とされるのであろうさ」

それが自然の摂理だからなと結んだ黒竜帝に、私たちは顔を見合わせる。

確かにそれはそうかもしれないんだけどさあ……でも私たちが直面している問題はそういうんじゃないんだよなあ！

私は頭を掻いてそれらを一旦思考の隅に置いて、黒竜帝を見た。

「じゃあ次は私から質問してもいいかな」

「なんじゃな？」

「転生者ってのは、全員が何かしら役割を持っているということなのかしら？」

そうだ。転生者について知りたい。

もしそうなら、私に課せられた役目なんてあるのか？

いや、『こうしなきゃ！』って使命感に燃えたことはこれまで特に感じたことないんだけどさあ。

もしあるよって言われたら、なんで私なのかって悩むことくらいはしてもいいかなって。

あ、やるかどうかは別ね。悩む程度ね。

だって面倒そうだし。それはちょっとなあ。

「ふむ……わしにはわからん。あるのかもしれんし、ないのかもしれん。それらは全て転生者たち本人にしかわからん話じゃ。そうだったのかもしれんし、ただ己の意思で行動していたのかもしれないし、それを判断するのは難しい」

「転生者に会ったことがあるんでしょう？　聞いたことは？」

「さてなあ。特に興味もなかったしのう。わしが聞いた転生者たちは何かしらのきっかけで記憶を取り戻し、自分たちの中で折り合いをつけて生きていっただけの話」

「ふうん……」

すごく曖昧な回答ではあったけど、少しだけホッとした。

別に、自分がどうのこうのってことはないってわかっちゃいるけどね！

「それじゃあ、転生そのものは問題ないってことかなあ。よかったねえ、フォルカス」

「……逆に言えば、前世の記憶を悪用したなら、それは本人の罪科ということになるな」

「まだそれはわからないじゃない。眉間に皺を寄せないの！」

役割を与えられたからってやっていい免罪符なわけでもないし、とりあえず無理矢理〝転生者だからこうしなければならない〟みたいなものではないってことでしょ？

それならそれでいいんだと思う。

心のどこかでほんの少しだけ、『物語に強制的に戻すために、マルチェロくんは前世の記憶を取り戻してイザベラを悪役令嬢に仕立て上げようとしたのではないか』なんて考えたりもしたからさあ、そういうんじゃないなら良かったと思う。

少なくとも、マルチェロくんは自分の意思で行動してああなって、責任をとったのだ。

もしこれが強制力とやらだったなら、彼はその犠牲になってしまったんだと思うとちょっとやるせないじゃない？

それに、私もイザベラたちと一緒にいて、急に自分を見失うこともないってことだよね。

（で、その強制力がないってんなら……フォルカスの妹さんは正常ってことだよね）

つまり、ブラコンを拗らせているのは転生者とか関係なく、本人の意思って話になる。

わあ、ある意味救いようがなかった!!

「む？　フォルカス、何かあったのか？」

「実は……転生者と思われる謎の人物が書いた娯楽小説をとある集団が予言書扱いしているようで……。そこで、妹のマリエッタが転生者ではないかと……あの子の幼い頃からの言動は、ただの妄想癖かと思っていましたが、もし事実であれば関与の可能性も否めません」

フォルカスが苦虫を噛み潰したような表情で説明する姿は同情する。

だけど、もう少ししたら私たちもその噂の妹さんと対面するのよねえ。

「なんと……我が子らにもそのような……ううむ、これは驚きだ」

おかげで黒竜帝も唸っちゃったし。

オリアクスはもう我関せずだし。もう少しは友達を心配してあげて！

「我々は城に戻り、マリエッタと対面し真相を明らかにしようと思っています。そして関係者であるかないか確認の上、対応を決めると女王も申しておりました」

「そうであったか……ふうむ……」

しかめっ面をしながら話すフォルカスと黒竜帝、その内容は結構シビアだと思う。

だけど大変申し訳ないことに、私は別のことを考えていた。

(あぁー、確かにフォルカスは黒竜帝の子孫だわ。そっくりだもん、あの眉間の皺)

いやだって、そのしかめっ面具合が似てるんだよねぇ！

つまり彼が年齢を重ねたら黒竜帝の姿に似てくるってことなのかと思うとちょっと笑ってしまいそうで、それを堪えるのに必死だったりする。

そんな私をよそに、話は終わったらしい。

フォルカスが幾分か表情を和らげて、黒竜帝にお礼を述べて頭を下げていた。

「世界の理《ことわり》に転生者が背くものではなく、また瘴気の存在理由についても知ることができたことは……正直、少しですが心が軽くなりました」

(フォルカスは真面目だなぁ)

「王家の一員としてではなく、誇り高き黒竜の一族として、家族を大切にする誓いを守り通すつもりです。……アルマのことも含めて」

おっと、予想外なところから矢が飛んできたぞ!?

構えていないところでそんなこと言われると照れるから止めてほしいんだけども……。

(しっかし、段々と話が複雑になってきたなぁ)

瘴気は負の感情が進化したものみたいに考えるとして、そうなる前に負の感情を悪魔族が消化していた。で、それが消化するよりも生産される方が上回っちゃった結果、負の感情は進化して瘴気となり、より負の感情が世界を満たした。

それを解決する方法が聖女で、おそらく浄化するんだか瘴気の影響を断つために結界を張ることになった……ってことでいいのかな。

で、他の国と違ってあの国だけに聖女がたくさんいて結界を張らなきゃいけないのは、瘴気の親玉と始まりの聖女が眠っているせいだ、と。

（……やな感じがするじゃない？）

ゲームとかファンタジー好きの私としては、今後の展開としてありそうなのは主に二つのパターンかなって思ったわけですよ。

世界を滅ぼしたい誰か、または滅ぼした後に世界を新たに作ろうと思っている誰かがいて、どちらにしろその〝誰か〟は転生者。

で、小説を書いている人物が転生者だろうがそうじゃなかろうが、それを利用してそれっぽく予言書だなんだって言って宗教仕立てにして実行犯を作り出し、最終的には……瘴気の塊を掘り出すかなにかする、とか？

やだー、もしかしなくても世界の命運が私たちにかかっちゃう？

「そういや、あの国で聖女たちの中に、たまに聖属性の力が消えない人たちがいたんだけど……それってなんでかしら」

「元々神に仕える巫女の系譜か、あるいは〝始まりの聖女〟の血筋である可能性が高かろうな。まあ別に困ることはあるまいて」

「そう？　ならいいんだけど……」

ちらりと視線を向ければ、俯いたイザベラの手が少しだけ震えている。

私はみんなを見ているふりをして、そっと可愛い妹の手を握った。

「大丈夫だよ、おねえちゃんがついてるでしょ？」

小さな声でそう私が言えば、隣でイザベラが小さく肩を揺らした。

そして、繋いだ手を握り返されるのを感じる。

「……はい、姉様！」

イザベラが笑って返事をくれて、私も笑顔を返す。

うんうん。おねえちゃんがついてるよ！


さて、黒竜帝様んとこに行って、色々教わって頭がパンクしそうだなあと思う私は帰りも牛だか馬だか、そもそも生物なのかなんなのかわからない、オリアクスが出してくれた真っ黒いやつに乗って帰り道を揺られている。

送ってくれるっていう黒竜帝様の親切な申し出を丁寧に断って、だ。

みんなそれぞれに考えることがあるんだろう。

私にだって一応、悩むことくらいあるしね！

（イザベラが悪役令嬢って役割を終えたつもりで、実は終わってなくて……で、黒竜帝が認めるくらい今も〝聖女〟と呼べるくらい聖属性の力を秘めている）

予言書扱いされている小説の行く末が分かればそれを利用して、奇妙な連中をとっ捕まえることはできるんだろうけど……そもそも、そう簡単にいくかどうかって問題があるし。

始まりの聖女についても、結局逆ハーレム的な生活をして瘴気を消していたってことでしょ？　まあ、ちゃんと役目を果たしていたってところには好感が持てるけど……最後の最後に、なんも知らない現地の乙女たちに義務みたいな感じで何かを課すのもどうかっていうか。

「始まりの聖女様は、お怒りだったのかもしれません」

「……そうだねえ」

イザベラが、ぽつんと呟いた。

その声は小さくて、同じ馬？　牛？　もうどっちでもいいや、便宜上コイツでいい。

コイツに一緒に乗っているからこそ、聞き取れたくらい小さな声だった。

帰りはイザベラの顔色が悪かったからね、二人乗りにしたんだ。

「異世界に呼ばれて、この世界の穢《けが》れの浄化を押しつけられて……始めは、世のため人のために善意を向けてくださったのだとしても……変わらぬ驕った人々の姿に、お怒りになったとしてもなんら不思議には思いません」

イザベラはため息を吐くようにして考えを話してくれた。

そうだ、彼女が〝聖女としての役割〟をあの国の女の子たちに押しつけたように、元々はこの世界の瘴気を〝聖女だから〟という理由で異世界の女性に押しつけたということになる。

「まさに卵が先か、鶏が先か論争だねえ」

「え？」

「んーん、こっちの話」

ため息が出ちゃうよね、ほんとに。

当時は状況が状況だったんだろう。人々が聖女として崇めていたのは確かだと思う。

なんせ、教会が聖女を崇めているんだから、そこの辺は間違いないと思うのよね。

だからといってそれが幸せだったかどうかなんて今を生きる私には分からない話だ。

「まあ、考えたってしょうがないか」

「姉様？」

「とりあえず、フォルカスの妹さんから話を聞いて、そんでもってオリアクスの情報を待って、イカれた連中をとっちめて、私たちは元の気ままな旅に戻る。それでいいよね」

私はポケットからキャンディを取り出して、イザベラの手に握らせてあげた。

頭を使ったり落ち込んだ時にはこういうのが大事だと思うんだよね！

イザベラは手の中にあるキャンディを見て目をぱちくりさせたかと思うと、おもむろに包み紙を剝《む》いて口に放り込んだ。

「美味しいですわ、姉様」

「そ、何味だった？」

「柑橘でしょうか、甘酸っぱくて美味しい」

「あ、じゃあ私と同じ味だ。他の味もあるから、ほしくなったら言ってね？」

「はい、姉様！」

なんだかんだ思うところはあるものの、それぞれ折り合いはついたんじゃなかろうか？

少なくとも私とイザベラは問題ない。

ディルムッドからしてみれば面倒な話程度の問題だけど、まあカルマイール王国については一応、母国だから心配しているかもしれない。

いや？　故郷の家族を思って……ってごく一般的なことを考えたけど、よく考えたらあのカルライラご一家だしな……あまり心配していないかもしれない。

オリアクスは、うん、まあ、きっとなんも考えてない。

私が『この件に関わりたくない、ただイザベラたちと楽しく生きたい』とか言ったら全力でそれを叶えてくれそうな気がするけどね……新しい大陸作るとか。

スケールが違うわ……父親からの溺愛《できあい》ってそういうんじゃないんだよ！　多分ね。

まあ、その辺の価値観に関する齟齬《そご》についてはちょっとずつその場その場で話し合っていけばいいか……。

（でも、問題はフォルカスよね）

王子として、兄として。

妹さんがどんな態度をとるか、それ次第では彼にとってはしんどい話になるのだと思う。

表向きは久しぶりの帰省と私という恋人を家族に紹介ってことになるけど、まずそこで妹さんの反発があるわけだし。

話を聞く限り相当なブラコン拗らせてるからなあ。

（そういえば強烈な妹さんの話題とアレッサンドロくんですっかり忘れてたけど、他の二人はどんなタイプなのかしら）

確か、まだ会ったことのないロレンツィオくんとアレッサンドロくんが双子。

長女が王太子でアリエッタ、そして末っ子がマリエッタだっけな？

（顔合わせの席で名前を間違えたりしないように気をつけよう）

とりあえず、フォルカスとアレッサンドロくん、そしてフェザレニアの女王様から察するに、全員美形であろうことは想像できる。

（まあ、目の保養程度に構えておけばいいか）

なんせ最大の目の保養は私の傍にいますし？

大抵の美形じゃ驚かないぜ!!　なんだったらオリアクスっていうナイスミドルもいるしね。

恋人と友人も美形で私だけ平々凡々（アレッサンドロくん命名）ってどういうことだ！

「ところでオリアクス、ちょっと聞きたいんだけどさあ」

「うむ、何かな？」

「私たちになんて呼ばれるのが理想なの？　お父さん？　父さん？　パパ？　ダディ？　オヤジ？　お父様？」

「まあ、姉様ったら！」

私の提案に、イザベラが笑う。

そして問われたオリアクスは、顎に手を当てて真剣に悩んでいるようだ。

「ううむ……改めて問われるとなかなかに悩ましいものがあるねえ。二人はなんと呼ぶのが呼びやすいかな？　呼んでくれるならばそれで構わないんだが」

「じゃあ私は父さんで」

「わたくしは、……お父様と」

「うんうん、いいねえ。この国から我々家族の新しい門出となるのか、素晴らしい」

どうせ今頃念話で黒竜帝に自慢しているんだろう。

にこやかなオリアクス……父さんに、私は苦笑する。

（世界がイザベラを悪役令嬢に戻そうとしてるってんなら徹底抗戦してやろうじゃない）

まあ、まだそうとは決まっていないんだけど。

さあて、次はフォルカスの可愛い妹とご対面、やったろうじゃないの！

幕間　時計の針が動き出す

（それにしても、執念じゃな）

子孫であるフォルカスと共にやってきた、あの子の仲間たちを迎えて思う。

わしの可愛い子孫が、番《ツガイ》を見つけたと報告してくれるのは何よりも嬉しいことであったが、それがまさか旧友の娘とは誰が想像したであろうか。

悪魔に子は生せない、それを覆したオリアクスには感心を通り越して呆れてしまう。

娘には何も聞かせていないようだが、わしはあの悪魔からどうやって親子として成立させているのか、その方法を教わっているから理解できている。

（知ったら、驚くじゃろうなあ）

オリアクスのとった行動を知っておぞましいとすら思うかもしれないし、呆れ返るかもしれない。

どちらかといえば、あのお嬢ちゃんだと後者だろうか。それであればいい。

悪魔としては異端も異端、己の魂を削って、人間と融合させて受胎という形にさせる。

魔力と魂が、母体を介して新たなる命を宿す動きをさせるのだ。

勿論、自然の理に反することであり、オリアクス自身の命を削る行動だ。

それ故に、誰も理解などできるはずもない。

成功するはずがない、したとしてそれは新しい生命体を作り出しただけで、子として認められるのか、そもそも自然の摂理ではありえないその関係は親子と呼ぶべきであるのか。

わしも何度そう彼の行動を咎め、諭し、諦めさせようとしたことか！

じゃが、今日彼らに会って、わしは考えを改めた。

（アレは確かに、父娘じゃったな）

自分にも覚えがある。初めて子が生まれた後、成長して大人になったとしても我が子が可愛くてたまらなくて、なんでもしてやりたかった衝動だ。

わしは竜種ゆえに長命で、いくら成長しようとも子供たちは幼いようにしか見えなかったからだ。

竜の血肉は受け継がれても、寿命を定める魂への影響は及ばなかったのだろう。

人と変わらぬ寿命を持った我が子たちが、それぞれの道を歩み、愛する番《ツガイ》を見つけ、そして孫が生まれ……その繰り返しを見てきて、そのたびに愛しさを覚える身としては旧友のあの姿はなんともおかしいやら、かつての自分を見せつけられているようで面映ゆい。

（人間種は魂の色が見えぬからこそ、血の繋がりを重視する生き物じゃからなあ）

実を言えば竜種も長命種ゆえなのか、子そのものは授かりにくい。

古代、我ら竜種はあまりにも存在が大きすぎたことが理由で同種に出会いにくかったために、精霊や悪魔のような類いの生命と魂を交えて次代を生み出すことがあったという。

オリアクスはそこに着想を得たと言っていたが……まさかまさか、本当に為すとは誰が思っただろうか。しかし、それは現実になった。

わしが、この目で、確かに見たのだから。

アルマと名付けられたあの娘の魂は、確かにオリアクスと同じ波長を持ち、しかし別個体として息づいているのだ。

「面白いこともあるもんじゃのう」

見れば、複雑な色合いの魂だ。

今まではオリアクスの魂という器に耐えきれず母体ごと消え失せるか、或いは形もなさず霧散してしまったものが、一体何があってあのような輝きを持つようになったのか。

そういう意味で、わしからしても興味が出てくる存在ではあるが……オリアクスのそれは、ただただ、子を慈しむ男の目だった。

フォルカスが番《ツガイ》として紹介したのだから、あの子はもう人間種で成人をしているのだろう。

(そういえばあの子が幼い頃は、所用で悪魔界に戻っていたとか言っておったしな……)

娘が生まれたとはしゃいで報告してきた時には、とうとう頭がイカれたかとばかり思って同情しておったが……こうして本人を前にしたならば、もはや認めるしかない。

それよりも、旧き時よりの友が望みを叶えたのだ、まずはそれを喜ぶべきなのだろう。

事実、少々若き頃の己を思い出すようで恥ずかしいが、オリアクスの姿はまさしく子を慈しむために一生懸命な、新米の父親そのものだ。

頼ってもらおう、頼りになる親であろう、そんな様子が窺えていたのだから微笑ましい。

それに、己の子孫と彼の子が結ばれるのであれば、それも喜ばしい話でもある。

(ふむ、そういう意味で祝いの言葉だけではなく、何か贈り物をすべきか。或いは、彼らが取り組んでいるという問題について動くべきか……?)

いや、それは余計な世話というものだろうと考え直す。

そもそも、オリアクスがついているのだからそこに加えてわしまで彼らと行動を共にすれば、各地に隠れ住む旧き存在たちが黙ってはおるまい。

わしにしろ、オリアクスにしろ、それなりに力ある存在なのだからそこは仕方のない話。

(で、あれば……根回しくらいはしてやろうかの。あやつが進む方向以外で、各地に住まう知り合いたちに彼らの手助けを頼むくらいは構うまい)

旧き生き物たちの助けを彼らが必要とするかどうかは別の話だが、頼った時に物事が円滑に進めば助けになろう。

あえてそれを教えてやってはフォルカスの成長にはならぬでな、そっとじゃ、そっと。

なにせ、わしの知り合いは各地にいるにはいるがオリアクスほど親しくはないしのう。

オリアクスが進む先はオリアクスが娘たちを助ければ良かろう。

（いざという時は、駆けつけてやればよかろう）

ぼんやりと妻の墓石の前に立ち、久方ぶりにこんな風に先のことについて考えるなと苦笑する。

妻を失い、子らが国を治める姿をこの山から見守る日々。

それは己で望んだことではあるが、最愛の番《ツガイ》を失ってからこの方、時間が止まってしまったかのように感じていたものだ。

子は老いて天寿を全うし、孫たちもまたそれに続いた。

それを見続けて尚、わしの時間は止まったままだったのだろう。

（オリアクスを愚かと嘆いたわしこそが、愚かじゃったのかもしれん）

無謀な挑戦とばかり思っていたが、ただ無為に時間を過ごすよりはオリアクスにとって有意義なものであり、それこそがあやつの生きている証しだったのじゃろう。

その通りだと、もはや魂もそこにはないというのに妻が笑っておる気がしてしんみりとしていると、脳内につんざくようなオリアクスの念話が響いた。

『黒竜帝、黒竜帝……！』

「……なんじゃまったく、騒々しい」

『アルマだけでなく！　イザベラも我が輩のことを『お父様』と呼んでくれた!!』

「ほー、そうかそうか。いちいちそのようなことを報告してくるでないわ」

『どうしたらこの喜びを表現できるだろうか！　ああ、父親と呼ばれることがこんなにも甘美な響きだっただなんて……我が輩が願って呼んでもらった時とは大違いではないか！』

「そんなことをしておったのか、お前……」

娘さんはさぞ苦労したであろうなあ……。

わしは人間族と共に暮らした経験があるからまだマシな方じゃが、オリアクスは頭が良いのに少々感性がズレておるからのう……人間は観察対象であって、接して生きているとは言い難い。

フォルカスに、今後は彼らの生活を手助けするように一応伝えておこうかの？

『そうだなあ、この喜びはやはり記念すべきことだと思うのだよ。父親と呼んでくれたこの地に是非祝福を授けたいところだね！　我が輩、悪魔ゆえに祝福とは無縁であるが』

「できぬことを言うでないわ、このたわけ」

『だから考えたんだけれどね、記念にこの地に住まう地精たちに頼んで、金鉱脈を増やすのはどうかな。宝石が出る方がいいかな。人間たちは好きだろう？』

「やめい、迷惑じゃ」

個人で喜ぶのは構わんが、わしの妻が愛した土地を台無しにするのは止めてもらいたいもんじゃ。

はしゃいでいる様子のオリアクスに、わしは深く深くため息を吐き出す。

阿呆め、そう言ってやりたいが自分も若い頃、妻に対して似たようなことをやらかした経験があるだけに咎めることはできそうになかった。

「……その喜びをこの地で表現する前に、娘たちに対して良い父親としてぶっ飛んだ行動を慎むのがなによりじゃよ、オリアクス……」

果たしてわしのこの忠告が、このはしゃぐ悪魔に届いたかどうかは知らぬ。

だがまあ、いつかはこれも笑い話になるのだろうと思えば、悪くない気がしたのだった。

第五章　妹大戦、勃発

城に戻って休憩かと思いきや、私たちは他の王族が揃ったという連絡をもらった。

今回も着替えるかどうか確認があったけど断ったら引き下がってくれたので、フォルカスたちが根回ししてくれたのかもしれない。

それか女王様の方かも？

まあ、どちらにせよありがたい話だよね！　うんうん、気軽なのが一番だよ。

フォルカスは先に行かず、私たちと一緒に家族が待つ部屋に向かってくれた。

そして部屋に入るなりフォルカスめがけて一直線に走ってくる女の子が……うん、説明されるまでもなくこの子がマリエッタで確定だな！

「お兄様！」

確かフォルカスの四つ下だっけ？　五つ下だっけ？

まあなんにしろ二十歳前後なのでイザベラよりも年上だって言うのに、まるで無邪気な子供のようだ。微笑ましいと呼ぶにはちょっと難しいんじゃなかろうか。

フォルカスとは違って鮮やかな青緑色の瞳に、綺麗な黒髪を持つ美少女なだけに残念!

ちなみに女王様も黒髪だし、アレッサンドロくんも黒髪だし、他の二人も黒髪なのでおそらくフェザレニアの王族はみんな髪色が黒なんだろうね。

魔力のせいで色味が違うフォルカスは、この家族の中じゃ確かに目立ったろうなあ。

「お兄様、会いたかった!!」

「マリエッタ、客人の前ではしたない。淑女として弁《わきま》えろ」

「んもう! お兄様ったら……久しぶりに会えたのにそんなことを仰るなんて冷たいんだから……でもそこが素敵!!」

フォルカスが抱きつかれるのを拒んで冷静に注意するけれど、どこ吹く風だ。

ああ、これは幼い頃から手を焼いただろうなあ。

できれば私としては関わり合いになりたくないタイプだ。

「マリエッタ、フォルカスの言う通りです。席に着きなさい」

「……はぁい」

「返事は短くはっきりと。たとえこの場が非公式の場であろうと、お前もまたフェザレニアの王族。それに見合った振る舞いをしなさい」

女王様が苦笑しながらも、優しい声で厳しくそう告げれば、さすがにマリエッタさんも従わないわけにはいかないんだろう。

彼女は優雅な所作で、女王様に向かってお辞儀《カーテシー》をした。

「申し訳ございませんでした、お母様」

「お客様方にも謝罪を……と言いたいところだけれど、時間は限られています。とにかく、まずはお座りなさい」

「はい」

「みなさんも申し訳ありません、娘の不始末は親であるわらわの謝罪でどうか」

非公式の場とはいえ、王族として振る舞え。

そう言った女王が頭を下げる、それは親であろうと女王としての立場ってものがあるから本来はあまりお勧めできる行為じゃない。

それがわからない女王様じゃないけれど、そうしたからにはきっと意味があるんだろう。

本来ならマリエッタさんが真っ先にそれを止めて私たちに向かって謝罪すべきなんだけどね、女王様のその行動を見てもどこ吹く風だよ。こりゃ頭が痛いだろうな。

でも、こちらとしての問題は、女王様の謝罪を誰が受け取るかって話で……。

(私とイザベラだけなら、私が応えるべきだろうけど……)

今回、私たちはパーティーを組んでいるわけでもないし、代表者は誰だ？　って話になるとそこはちょっと難しい。

とはいえ、ここで誰も何も言わないのも不自然だから思わず視線でお互い〝お前がやれよ〟ってディルムッドと交わしたところで横から父さんが一歩前に出た。

「女王陛下よりのお言葉、誠に恐悦でございます。我ら一同、気にしておりませぬゆえどうぞ頭をお上げください」

「ありがとう、オリアクス殿」

「なに、なに。女王陛下が母親としてと申されるならば、ここは父親として我が輩が出るべきであろうと判断したまででございます」

にこりと微笑んだ女王様と、私の方を向いてパチンとウィンクしてくる父さん。

やだー、かっこいいー！

「姉様、お父様、かっこいいですわね！」

「ね。さすが私たちの父さんじゃない？」

思わず姉妹揃って小声で言い合ってしまったのは、仕方ないよね！

女王様が私たちに対しあれこれ言葉をかけてくれて、息子と娘を紹介してくれたのでこちらもフォルカスがそれぞれ紹介してくれる流れになって……いや、うん、なんか今回は意図的に私を一番最後にもってきてるよね。

（まあ、そうするのが一番無難っていうか、妥当か……）

ただまあ、父さんとイザベラを紹介した段階でマリエッタさんの眉間の皺がすっごいことになってるんですけど？

いいのか、王女様。

隣に座る、彼女によく似た女性……つまりアリエッタさんが小声で注意しているみたいだけど。

ふうん、なるほど……イザベラのことを知っているんだ？　それも王族が他国の高位貴族を知っているとか、そういう話じゃなさそうな反応だ。

（彼女が転生者ってのは本当の話みたいだね）

小説だか漫画だか、それらを知っている人物なのだろう。

マルチェロくんみたいな、ね。

転生者はこの世界にたくさんいるらしいってことは理解できたけれど、この世界を模した創作物がある世界から転生した人間が、同時期に複数現れるってどういうことなんだろうとちょっとそこが引っかかるところではあるんだけど……。

さすがにこの世界を模した創作物って説明が難しい上に、私も転生者なんだよねえってカミングアウトはより事態をややこしくしそうなのでしないことに決めている。

私は私で、この世界の住人だと胸を張って言えるしね!!

そもそも、私はその小説も漫画も本当にちょっぴりしか履修してないからさ……ぶっちゃけ、思い入れなんてないし。

「そして、彼女はアルマ。私と同じく冒険者で、……私の最愛の番《ツガイ》だ。以前からの知り合いだが、つい最近想いを交わすようになった」

フォルカスが若干照れくさそうにそう言った途端、イライラが限界を超えたのだろう。マリエッタさんが立ち上がった。

「番《ツガイ》!? そんな、本当ですの!?」

「マリエッタ、行儀が悪いぞ」

「後ほど改めて謝罪いたします！ それよりも、最愛の番《ツガイ》ですって!?」

「そうだ」

ものすごい剣幕でフォルカスに食ってかかったマリエッタさんだったけど、きっぱりとフォルカスが力強く肯定してくれたもんだから呆然とした様子だ。

かと思うと今度はギッと私を睨み付ける。おお、なかなかの迫力。

まあその程度で怯むほどこちらもヤワじゃないので、しれっと気づかないふりをしておいた。

「認めませんわ！」

「お前に認めてもらう必要はない。母上からはすでに祝福していただいた」

「お母様!?」

「ええ、フォルカスの母として祝うのは当然でしょう。とても良いお嬢さんと縁があって良かったと思っています。わらわたちの中に流れる血の影響が強く出たせいでフォルカスには苦労をかけました。この国に縛られることなく、幸せになれるのであればそれが一番です」

女王様の言葉は穏やかだけれど、しっかりしたもの。

やっぱり、お母さんなんだなあ！　いや、当然なのだけれど。

「ど、どこの馬の骨とも分からぬ女ですのよ!?　お兄様は由緒あるフェザレニアの王族！　冒険者を貶《けな》すわけではございませんが、お兄様と釣り合いが取れているとは思えません!!」

まあ、正論だわなあ。

うんうんと思わず頷くと、横からディルムッドに肘で小突かれてしまった。

「ほう、つまり身分があればお嬢さんはご理解いただけるのかな？」

そこに割って入ったのは、意外や意外、父さんだった。

フォルカスがこの場は仕切るから、特に何もしなくていいって事前に言われていたんだけど……

おやおや？　これは一体どうしたことだろうか。

「女王陛下、発言をお許しいただけますかな？」

「構いません。娘が騒がしくて申し訳ないけれど……この場はどうぞお気になさらず」

「ありがとうございます。さて、麗しき姫君は〝ソロニア商会〟をご存じで？」

「……当然でしょう？」

唐突に出てきたソロニア商会の名前に、マリエッタさんも困惑気味だ。

というのも、その商会の名前は大抵の人が知っているってくらい有名な、それこそ世界を股に掛けて商業ギルドにも大きな影響力がある商会の一つで……。

（うん？　悪魔仲間が興した商会の、役員待遇とか言ってなかったっけ）

「我が輩はそちらの役員を務めておりましてね、娘のアルマに継がせたりするものでもありませんから自由にさせているだけなのですよ。よって、どこぞの馬の骨、というわけでもありません。これにてご納得いただけましたかな?」

「クッ……!」

いやいや、ははは。

なんだか蚊帳の外である。私、当事者だと思うんだけども。

まあ表向きこれなら『世界屈指の商会役員の娘と、王家のしきたりによって外に出た王子』が結ばれる分にはめでたい話でまとまるね。

フェザレニア王家にとっても大きな商会と良い意味での縁が結べたっていう風に見えるしさ。

(実際には大違いだけどな!)

父さんがソロニア商会に属しているとか初耳だし!?

財布があんな感じにギッチギチになる理由もようやく納得できたわ。

事実を知って思わず無表情になったけど、私を置いてけぼりにして今度はフォルカスがマリエッタさんに向かって厳しい声を出していた。

「マリエッタ、いい加減にしないか。今日は非公式の場での顔合わせとはいえ、お客人を前にあまりにも無礼な振る舞いは見過ごせない。いい加減に理解しろ」

それは兄としての注意なんだろうけれど、結構、こう、手厳しいな?

私がびっくりして黙ったままなもんだから、マリエッタさんの発言でショックを受けているのではとかあちらのご家族から誤解されているような気がしないでもない。

びっくりしたのはあくまで父さんの件でなんだけどね！

わざわざ訂正する必要は感じないので、黙っておいた。

フォルカスが叱っているのは真っ当なことだし、彼女の振る舞いはお転婆とかで許されるレベルを超えているから最終的には女王様に叱られていたと思うしね。

（うちのイザベラはやっぱり素敵な淑女だったんだねえ）

隣に座る可愛い妹を見れば心配そうに小首を傾げていた。可愛い。癒やし。

今思えばエミリアさんはまだ平民だったからしょうがないよねって感じるもの。

マリエッタさんは生粋のお姫様なんだからさあ……もうちょい、こうね？

なんせ彼女の姉であるアリエッタさんを見ると、教育とか躾とかそういう問題ではないと思われるから……あちらは淑女だよ、うん。

ちょっと遠い目しちゃってるけど。妹の残念な姿にああなってるのかな？

そうだとしたらなんとも切ない話である。

これはどう考えても、マリエッタさんがあ**あ**なのはフォルカスのせいじゃないね、うん。

「お兄様……！　わたくしは、お兄様のことを思って言っているのですわ!!」

「それが余計なお世話だというんだ。お前にはお前の婚約者がいるだろう」

「た、確かにおりますが……。でもそれはあくまで政略的なものですし……そこに愛なんてないし、勿論刺激だってないし！　あ、いいえ、わたくしのことではなく、お兄様の……」

しどろもどろになって反論するマリエッタさんだけど、今チラッと聞こえたんだけどなんだ刺激って。政略的なものって理解していてその発言はどうなんだろう。

この子大丈夫なのだろうか、あまりにも迂闊っていうか、墓穴を掘りすぎじゃないかな。

そんな彼女に対してフォルカスはまた眉間に皺を寄せていた。

「私は王家に代々伝わるしきたりに従って王位継承権を返上し、冒険者となった。家族の縁を切ったわけではないし、女王の息子であることもまた事実」

「そ、そうですわ！　お兄様は誇り高きフェザレニアの王子で……」

「そして女王の息子だとしても、私が王家を出た身であることも事実だ。私が誰と縁を結ぼうと、家族ならば幸せを願ってくれても良いのではないか」

すっぱりと妹からの言葉を拒絶したフォルカスに、マリエッタさんは今にも泣きそうだ。

傍から見ると虐《いじ》めているように見えなくもないが、彼女が癇癪を起こしているだけだしなあ……

癇癪っていうか、言いがかりっていうか、

（もし私が前世ブラコンだったとして、弟が連れて来たカノジョに嫉妬したらこうなったかな、いやないな……実際カノジョ連れてきたと思ったら一緒にゲームしようとか言われてむしろ弟を叱った記憶しかないな……？）

確かその時はムードとデリカシーを学び直してこいって叱ったわ。

ほかにもアイツが用意したおやつが焼き芋だったたっていうのに衝撃を受けて思わず『コイツでいいの!?　なんかごめんね!?』って全身全霊で謝った気がする。

（……あの時のカノジョさんがそのままアイツのお嫁さんになってくれてたらいいなあ……）

ちょっぴり、おねえちゃん、弟のことが心配です。どうなったんだろう。

いや、今はそんな思い出に耽《ふけ》っている場合ではなかった。

隣にいる、今現在守るべき可愛い妹を守るためにここにいるってことを忘れてないよ！

勿論、フォルカスの家族と顔合わせしてるってこともわかってますとも。

わかって……わかってるけど、私まだ碌に会話してないね。

いいのか、こんなんで。

私は！　困らないけどな!!

「それよりもお前に聞きたいことがある。家族全員、知っておくべき話だ」

フォルカスの言葉に、緊張が走った。

といっても、私たち側は別になんともないんだけどね。むしろディルムッドが早く終わらないかなって半分居眠りしていることの方が気になる。何してんだお前。

あちらでは事情を知る女王様と、この話し合いで何かがあるということだけを知るアレッサンドロくんが不安そうな表情を窺わせたけれど、彼らは何も言わなかった。

「マリエッタ、お前は幼い頃、自分は転生者であると私たちに言っていたな」

そこまで口にして、フォルカスは口を閉ざし……一度目を閉じた。

本当は、聞くのが怖いのかもしれない。

でも、次に目を開けた時にフォルカスに躊躇う様子は見えなかった。

「幼いゆえの戯《ざ》れ言《ごと》と思っていたが、改めて問う。それは、本当の話なのか」

「……それとこれと、今なんの関係があるというんですの」

「関係はないな、いや、あるのか？」

フォルカスは逆に問われて小首を傾げる。

ううん、それはどうだろうなあ。

ある意味、イザベラには関係ある話だから、そうなるとフォルカスからしてみれば将来の義妹が危険に晒されるかもっていう程度に関係があるといえばあるのか……？

正直、私にもよくわからないな！

「何度わたくしが話しても、誰も信じてくれなかったというのに。今更ですわね」

「ああ、今更だ。だから今、確認している」

「もしわたくしがそうだと言ったら、お兄様はどうなさいますの？」

「……それは、お前が知っているという物語の私に関係あるのか」

（フォルカスが、登場人物として出ている？）

なにそれ、初耳なんですけど。

しかし出奔した王子様で竜の血を引いているとか確かに物語の登場人物っぽい！

そういやディルムッドも王様の隠し子で名うての冒険者で美形とか、創作物のキャラで考えたら設定てんこ盛りなんだからこちらも登場人物でもおかしくないか！

ゲームでいったら隠しキャラ的な？

私は何を言っているんだ。声に出して言ってないけど。

（やっべ、その展開は考えてなかったわあ。あれ？　それじゃあ私もいたりすんのかな）

マルチェロくんだって悪役令嬢の兄って、設定から考えたら登場人物的な位置だもんね！

そうなると、世の中に出回っている小説は転生者が元々の小説について記憶を頼りに書いたんなら主要登場人物周辺は当たり前だけど、登場する……？

（確か話の展開的に伝説の聖女の生まれ変わりが北の国を目指すとかなんとかあったもんね？　ってことは、本来ならエミリアさんがフェザレニアに来るって物語だった？）

王子はもう確定でしょ。

それからエドウィンくんも多分……続編に出てくる〝王子の腹心〟ってやつがそれっぽい。

残念ながら現実はそういかないわけだけども。

エミリアさんは修道院に預けられ、王子は他のご令嬢と結婚した後に幽閉だか隔離だかが決定事項、エドウィンくんも貴族から離れて今や一兵士。

（みんな元気かなあ……）

思わずそんなことを考えたのは、別に現実逃避しているわけじゃないよ!?

一応縁あった相手だしさ、エドウィンくんはイザベラと仲直りもしてるし気に掛けて当然でしょ。

でもそんな風にちょっと別のことを考えた思考は、マリエッタさんの声で現実に戻された。

「そうですわね……ええ、そうですわ」

にんまりとした笑みを浮かべたマリエッタさんは、バッと両手を大きく広げて笑みを浮かべているじゃあないか。

その表情、私には見覚えがあった。

正確にはあの表情が意味するところに、だ。

あの漫画を持っていた友人が当時どハマりしていた別作品を語る時の表情によぉく似ている。

これは、布教したくてたまらない、そんな感じの表情だ。

「いいですわ！　わたくし、なんでも答えてさしあげてよ！」

高らかに宣言したところ、申し訳ないんだけどこちら側は思わずしらーっとした反応である。

彼女はまるで気づいていないけどね！

いい気分で語らせるべきかと思ったけど、私はそれに対して阻むように手を挙げた。

何故かって？

ああいうタイプって話し出したら長いからさ……。

「気合い入ってるとこ悪いんだけど、単刀直入に聞くね。この小説、心当たりあるかしら？」

小説を取り出して、テーブルの上に置く。

そうだ、ここは彼女の独壇場じゃあない。

フォルカスだけがやり合う場所でもないし、家族が争う場所でもない。

ただ、私たちは彼女から話を聞きたいだけなのだ。

「ふ、ふふっ！」

小説を見て笑ったマリエッタさんは、優雅な仕草でその小説を持ち上げた。

そしてパラパラと捲ってみせたかと思うとパタンと閉じ、テーブルの上を滑らせて私に返してきた。ほおー、なかなか挑発的じゃない？

私はそれを受け取って、にっこりと笑い返してやった。

「確かにそれは、わたくしが書いたものですわ。ご愛読いただけているようで嬉しゅうございます」

ものすごくあっさりと、マリエッタさんは作者であることを認めた。

そう、それはもう多分言いたかったんだと思う。

朗らかに、高らかに、自分が作者だと言ったあの時の彼女の顔はまさしくドヤ顔としか表現しようがなくて若干イラッとしたのは内緒の話だ。

「へえ、それを証明する方法は？」

「あら、疑いますの？　酷いですわ……」

シクシクと泣き真似までするところ、本当に挑発的だよね！

そんな見え透いた挑発に乗るほど私も愚かではないので、視線で答えを求めれば彼女も期待はしていなかったのだろう、肩を竦めて全員を見回した。

そして味方がいないと判断したのだろう、一転して不機嫌そうな表情になる。

（本当に情緒不安定な子だな……）

一国の王女様なんだから、もう少し落ち着きなよと思ったところでカルマイール王国の王子様の顔を思い出し、教育って大事だなあと改めて思う。

「わたくし、先ほども申し上げましたけれど転生者ですの」

ツンと顔を反らしてそれはもうハッキリと、自慢げに。

（いやそれって自慢するようなことだろうか？　確かに前世の記憶があって助かることも多いけど、それだけじゃナイと思うんだよなあ……）

私の場合は料理っていう経験とスキルを思い出せたからそれが役に立ったけれど、マルチェロくんみたいに闇堕ちしてしまうパターンもあるんだから一概に良い物だとは思えない。

マリエッタさんからしてみれば、それは〝特別〟な人間……もしくは〝選ばれた人間〟みたいな感覚なんだろうか？

「わたくしが記憶を取り戻したのは、本当に幼い頃でしたわ。絵本を読んでいた時に、物足りなさを感じたんですの。わたくしならば、もっとこうするのに……って。そうしたら、まるで夢から覚めたかのように思い出したんですわ！」

絵本が退屈だったからとかどういうきっかけだ、それは！

しかも物足りなかったって……いやまあ前世読書家だったのかもしれないし、うん……。

人それぞれだよね、理由なんてね……。

「それで、わたくし成長する中で気づきましたの。前世、わたくしが愛読していた本の世界とこの世界はとてもよく似ていると。勿論、まるっと全部同じだなんて傲慢な考え、わたくしは持っておりませんわよ？」

そこまで馬鹿じゃないってアピールするように私たちにチラリと視線を向けて、マリエッタさんは艶然と微笑んだ。

「先ほどの小説を書き記したのは、そもそも自分用の娯楽でしたの。だけれど楽しいことってどうしても共有したくなるものではありませんか。気まぐれに侍女の一人へ見せたところ、大絶賛してあれよあれよと他の者たちにも広まってしまって……」

マリエッタさんはさすがにバツが悪いのか、扇子を広げて口元を隠してしまった。モゴモゴと言い訳をするように、それでも初めは自分の侍女たちだったのだと言った。

しかし、そんな侍女たちの中に、商家の娘がいたんだそうだ。

こんな面白い話をそのまま内輪で終わらせるなんて勿体ないじゃないか。王女であることを伏せ

て、秘密を守れる出版社を通して、ごく少数刷ってはどうか。

物語を待ち望む人々がきっと大勢いる……そんな言葉はどこまでも甘い響きだ。

まあ、実際に世界中で売れているんだから大したもんだよね。

これがマリエッタさんのオリジナルだったらだけど。

(実際はまあ記憶を元に再現した物語だもんね……)

残念ながら彼女は原作者ではないということで、結末そのものは知らないんだそうだ。

「わたくしが知っているだけでも恐ろしい展開などはありませんし、名前や国についてはぼかして書きましたし……そもそも、一般の方々は貴族社会を娯楽として捉える風潮もあるしで問題はないと思いました。どちらかといえば恋や冒険の色の方が強いですし……」

だから、出版しても大丈夫だろうとマリエッタさんも踏み切ったと。

ちなみにその商家出身だという侍女の身元は確かなものらしく、そこから先についてはおそらく女王様側で調査してくれることだろう。

「確かに、まあ……これから起きるであろう出来事を記してあるのだし、ちょっとそこは大丈夫かしらって心配にはなったのだけれど……。ほら、わたくしは名前も出てこないモブだし、このフェザレニアの回では何の被害もないし、他の国の出来事だって主人公が頑張れば全部解決するし！」

段々口調が崩れてきてますけど!?

そう朗らかに言われたけど、正直知らんがな！

（まさか、私の前世での友なんてオチはないよな……？）

思わず崩れてきた口調とテンションに、そう疑いたくもなったけど……しかし友人はそこまであの漫画を推してなかったから違うな。

内心、胸をなで下ろしちゃったよ。

可哀想に、転生者に理解ある私ですら彼女の様子にびっくりしてんだから、フォルカスと女王様なんて頭が痛くなってしまったらしく額を押さえちゃってるし……。

どうやら常識人枠らしいアリエッタさんとロレンツィオくんはもう遠い目しっぱなしだ。

ああ、アレッサンドロくん？

妹が転生者云々って話も気になるけど、それよりもイザベラが気になるらしい。

年頃の男の子らしいといえば可愛く聞こえるかもしれないけど、この場ではアウトだから。

イザベラの方チラッチラ見てるから君はダメだ。後でフォルカスにお説教してもらおうね！

まあ、それは置いておくとして。

ともかく、その出版に至るまでの経緯がどうであれ、マリエッタさん的には自分が大好きだった作家さんの作品に萌えてくれる人が現れるのは嬉しくてたまらない、そんな状態だったんだって。

（わからなくはないけどさあ……）

多分、その推し作家さんからしてみたら微妙な気持ちじゃない？　これ。

でも、こんな馬鹿正直……おっと、失礼。

素直にあれこれ話してくれる彼女は多分、潔白だ。

……いや、原因作ったからグレーか？

まだハッキリとわかんないけど、一応関係者っぽく見えるけど厳密には関係者とは言えないっていうか……。関係者だったら迂闊すぎるっていうか、これが罠だったら私、冒険者として一からやり直してもいいってくらい、彼女はただただ自慢しているだけだよこれ。

「ねえ、世間でさっきの小説が予言書扱いされてるのは知ってる？」

「……えっ？　なんですって？　よ、予言書？」

ギョッとした様子のマリエッタさんは、嘘を吐いている様子はない。

父さんの方に視線を向けてみたけど、私の見立ては間違っていないらしく頷かれた。

「その予言書にある通りに話を進めようとしているカルト教団がいるみたいなんだよねえ。何か作者に近づこうとしているとかそんな話を聞いたことは？」

「い、いいえ。作者が誰なのかを探る人々は一定数いるし、熱心なファンがいることは出版社経由で聞いてはいるけれど……わたくしまで辿り着いた人はいないわ」

「ふうん」

「な、何よ。わたくしはただ知っている通りに物語を書き記しただけよ！　ただまあ、原作よりもわたくしが好みだったシーンがメインになったのは否めないけれど……」

どうでもいいわ、そんなことは！

いやもうそれ原作通りじゃないんではと思ったけど、もうあんまりすぎて私も何も言わずにおいた。下手なことを言って私が転生者だとバレても厄介そうだし。

とりあえず私がするべきは、マリエッタさんのフォローではないしね！

「まあ、ええと……良かったね？　一応シロっぽいじゃない」

「なんとも言えん」

私のフォローに、フォルカスが複雑な表情で答えつつ、私に甘えるように寄り添ってきた。

おいおい、真面目な話してるのに……いやでも甘えてくるフォルカスは可愛いな。

ちょっとこう、恋人特権だと思えば許せるな。うん、許せる。

そんな私たちのやりとりに、マリエッタさんは空気を読まずにぎろりと睨んできた。

「ちょっと、アナタみたいな冒険者は登場もしないんだから引っ込んでなさい！　お兄様は『大切な家族のために聖女に協力する』っていう役目があるんだから！　そもそもなんで悪役令嬢のイザベラ＝ルティエがそこにいるのよ!?」

「うーん、私がモブなのは状況的に大変ありがたい話なんだけど、それならそれでフォルカスが妹の貴女と結ばれることもないんだし、いつかは誰か恋人が現れるとは思わないのかなあ」

私じゃなくたって、いつ恋人ができてもおかしくないくらいいい男だからね？

美形だし言葉は少ないけど稼ぎもいいし若いし強いし、言うことないよね。

そんな私の素朴な疑問に、マリエッタさんはふんぞり返って小馬鹿にするように笑った。

「お兄様はなんだかんだ言って、わたくしたち家族に甘いんだからいいのよ。想い合っても結ばれることのない兄妹の禁断愛……ああ、なんて尊いのかしら！」

「寝言は寝て言え」

「フォルカス、俺が言うのもなんだが……妹さん、婚約させてて大丈夫か？」

「心配になってきた」

ディルムッド、余計なことを言うんじゃない。

これが理由で婚約解消になったら今後マリエッタさんが正気に戻った時、逆恨みされるかもしれないじゃないか！

……いや、正気に戻ったら黒歴史でゴロンゴロンするかもしれないな？

「そもそも、前提が間違っておりますこと、どなたか指摘してさしあげた方が……」

そんな状況で呆れたようにイザベラがそう言えば、マリエッタさんは目を瞬かせる。

彼女が何に驚いて目を丸くしているのかわからないけれど、イザベラは微笑んで立ち上がり、優雅に一礼してみせた。

「改めまして自己紹介をさせていただきますわ、わたくしはアルマの妹でイザベラと申します。マリエッタ殿下の仰る『悪役令嬢』ですわね」

まるで人形みたく綺麗に、冷たい表情でイザベラは笑みを浮かべている。でも、彼女はいつもより目を吊り上げてマリエッタさんを見ていた。

ここに扇子があったらきっと口元を隠していたことだろうけど……なんだろう、ドレスも着ていないのに風格がにじみ出ているっていうか……やっぱり生まれや育ちがいいからかなあ、かっこいいぞイザベラ！

「そ、そうよ……どうして貴女がここに？　いえ、確かに物語では追放されてから先のことは書いていなかった……だけど、北の国に来ていた描写だってなかったはずよ……！　ましてや、お兄様やディルムッド様とご一緒だなんて……！」

対するマリエッタさんは、ぎりりと音が聞こえそうなほど扇子を握りしめている。

それにしても情緒不安定な子だなあ。

ディルムッドじゃないけどいくら王女様だからってこんなんじゃ婚約者に愛想尽かされたりしないのかしら。

フェザレニア王家と縁が持てることは確かに誉れかもしれないけど先行き不安じゃないのかな。

もしかして家庭に収まったら女主人としてこう、しっかりするタイプとか？

まあ、その可能性もあるから私たちが心配することでもないね！

そんな彼女のテンションの変わりようにもイザベラは落ち着いているようだ。

私は何かあったらイザベラを守れるようにだけ気をつけておけば良さそうである。

あとは……最悪、娘を守ろうとする父さんの行動を止める、とか？

（自信はないけどね！）

だって、黒竜帝のトモダチで実体持ちの悪魔なんて、半端ない強さでしょ？

私が止めれば、愛娘のお願いだから耳を傾けてくれるかもっていう淡い期待ってやつだ。

「まずは落ち着いてお席に座られてはいかがです？　まだ話は済んでおりませんもの」

「なっ、なんですって……？　そうよ、前提が違うってどういう」

「マリエッタ殿下は国外の情報についてはいかほど耳になさっておいでですの？」

静かなイザベラの問いに、マリエッタさんは困惑しているようだった。

それでも少しだけ躊躇うようにして、答える。

「……イザベラ＝ルティエ・バルトラーナ公爵令嬢が追放されたということは、耳にしているわ」

「なるほど、ではその後のことは？」

「……いいえ、興味がなかったから」

チラッと見た感じだと女王様とアリエッタさんは今の状況も含めて、ある程度は理解しているみたいだ。けど、残りの三人はそうでもないらしい。

ロレンツィオくんは知ってはいるけど全容は知らなかったとかそんな感じで、アレッサンドロくんとマリエッタさんは論外って雰囲気だ。

これからを担う立場を理解している人とそうでない人が浮き彫りになってるなあ。

それを目の当たりにして女王様は落胆している様子が窺えるんだけど……まあ、そこはそちらの事情なので後はよろしくって感じだよね。

イザベラは何も分かっていないマリエッタさんを馬鹿にするでもなく、静かに言葉を続けた。

「まず前提として、マリエッタ殿下が主人公と呼ぶ役割であろうエミリアさんは確かに聖女として教会に所属しておりますが、旅には出ておりませんわ。出ることはできないでしょう」

「えっ？」

「また、かの国の王子殿下も新たなる婚約者を得て近いうちに結婚となることと思います。招待状がこちらにも届くかもしれませんね」

「えっ、ええ……!?　だ、だって聖女エミリアは大いなる力に目覚め、王子と共に……」

「どうしてそのようになったかの事情はわたくしの口からは説明できませんが、おそらく女王陛下はご存じかと思います」

イザベラにそう言われたマリエッタさんは、呆然としている。

まるで壊れた人形のように不自然な動きで女王様の方へ視線を向ける姿は、いっそホラーじみていて怖いくらいだ。

「お、お母様……？」

「マリエッタ、わたくしはお前に甘すぎたのかもしれませんね。いずれは降嫁する身だからこそ、政治的な立場を無闇に持たせるわけにもいかないと思ったけれど……ここまで無関心で、自分の仕出かしたことがどのような影響をもたらすのか考えもしないだなんて！」

女王様の落胆ぶりはちょっとだけ納得もいかなかったかなあ。

とはいえ、私が口を出していいことではないんだと思って黙っておいた。

(自分がちゃんと教育しなかったことを棚に上げて、無関心だったのが悪いっていうのはどうなのかなあと思うけどさ)

仮にも王女様なんだから、最低限教育されているからきっとそれ、な、り、にやるだろうと勝手に期待していたんだろうなあ。

なまじっか、フォルカスがああも頭が良くて理想的な長男だったもんだから……。

王子として、息子として、女王様に対し臣下としても家族としても支えてくれる息子がいたもんだから他の子供たちもそうだと思い込んでしまっていたんだろうか？

いやでも、フォルカスが国を出てからは女王様が面倒を見ていたはずだろうし、乳母とかをつけていたにしろ誰かしら報告してくれていたはずだ。

そうなるとやっぱり自業自得かもしれない。

(そんな風に考える私は、結構冷たいんだろうか)

前世の、温かい家族の記憶がある。弟のこととかさ。

孤児院にいた時、親がいなくたって同じような身よりの子供たちとお互いを支え合ってきた。

そして、今だって家族……と呼ぶのは微妙かもしれないけど、私にとって大切な家族がいる。

女王様の立場も、母親として思うところや政治的な部分なんかも、頭では理解できてもやっぱり私にはよくわからない。

そんな考えを振り切るように、私は淡々と事実を述べた。

「まあとにかく、王女様が書いたその小説が巷《ちまた》で予言書扱いされていることで、妖精たちが被害に遭う事態が起きているの。その予言書を求めて動く連中が何者か分からない限り……被害者は増えるでしょうね」

「な、なんですって……」

正確には何らかの目的を持って動いている連中が、予言書……っていうか、小説の続きを求めて……って、なんかシュールだなあ……？

そんなことを考えたら、なんとなく笑ってしまいそうになったので、私はキュッと自分の表情筋を引き締める。ここで笑ったら台無しだ、色々と。うん、色々と。

（とにかく、マリエッタさんが書く物語を色んな意味で待つ人たちがいるってのは事実だ）

そしてここがよくわからない話になる。

カルト教団だかなんだかよくわからないけど、娯楽小説を予言書扱いしている人たちは物語の通りにことを運んで世界を救おうとしている……つもりなのかしら？　何が目的なのかっていうのがわかんないんだよねえ！

疑問符だらけの状況だけど、悪役令嬢って書かれてしまった可愛い妹の立場を考えると、イザベラが物語で再登場するのかどうかを私は知りたい。

（……とはいえ、さっきの反応を見る限りはなさそうだけどね）

なんでって言ってたんだから、彼女が知る限りは出番がなかったんだろう。

その辺は安心できたかな。いや、あくまで現時点での安心ってだけだけどね。

本来の主人公であるエミリアさんがああいう扱いになった原因がイザベラと私のせいだと思って、物語を正しく進めたい人々が攻撃を仕掛けてこないとも限らない。

なにせ、物語通りにするためだけに他人を操って妖精族を攫ったり、森の生き物を傷つけたりしているような、得体の知れない連中なのだ。

(ほんと、何も分からなくてそれが不気味だよねえ)

物語を書かなくなればなったでヤツらは原作者を探して書かせようとするかもしれないし、そうなればマリエッタさん周辺はきな臭くなることだろう。

どっからだって辿ろうと思えばバレるもんなのだ、特に王女様が絡んでいるとなるとどこにどうパイプがあるかわかったもんじゃないからね。

だからって張り切って書かれると、それはそれで……いや、待てよ？

「ねえフォルカス、結局この後、私たちは何かしら行動を起こすしかないんだよねえ」

「まあ、そうなるな。待っていても何も始まらん」

「……ならさ、ありきたりな手だけど、王女様に協力してもらえばいいんじゃない？」

「協力？」

私の提案に、ディルムッドが怪訝そうな顔をする。

これまで彼はなんとも言えない表情をするばかりで珍しく黙り込んでいたけど、私の提案に興味を持ったようだ。

「そーよ。なんせ状況はまったくもってこちらに不利なのは変わらないでしょ。相手に関する情報はほとんどないし、囚われた妖精族の居場所や安否もなんにもわからない、けど協力するって約束をしちゃった以上、何もせず待つのはなんか悪いしさあ」

私が肩を竦めてそう言えば、ディルムッドも苦笑しながら同意してくれた。

ランバとエリューセラたちは友人で、彼らが困っていた。

言葉にしてみればそれだけの話だけど、私からすれば十分な理由だ。

勿論、そういう意味では……ディルムッドとフォルカスにとっては、私の人間関係のついでになるのかもしれないけど。

いや、フォルカスは妹が関わっているんだから当事者扱いでいいのかな？

「まあ、なんにせよ……小説を待っている人ってのがいるのも事実だし、それを利用している連中を呼び寄せる偽情報を混ぜてもらえばいいんじゃない」

「……偽情報？」

「そう。……今後の展開については話せる？　王女様」

「……いいわ、話してあげる」

マリエッタさんは怪訝そうにしながらも私たちを見回して、口を開いた。

この場で彼女だけが知る、物語の続きだ。

「魔王を倒してほしいと妖精族に懇願されたヒロインは、お付きの青年と共に魔王の情報を求めて更に旅をするの」

各地を巡り、ヒロインが放つ聖女の光に縋るかのように事件は起こり、それを解決する度に協力者が増えていく。そんな中、魔王の真の目的がわかるのだ。

なんと魔王の目的は、世界を壊すことだったのだ。

世界を食らいつくす穢れの大元である瘴気の塊の中に眠るという、破壊神を目覚めさせようとしていたことが魔王の悲しい過去と共に発覚する。

魔王を名乗る男は、かつて一人の少女を愛しともに暮らし幸せに生きていた悪魔だった。

だが悪魔と人間の恋は禁断とされた故に二人はどこに行っても追われる身となり、ついには度重なる迫害の末に、愛した少女の命が失われてしまったのだ。

その恨みと苦しみを知って、ヒロインは涙し、人々はそんな彼女の優しさに感動する。

「とまあ、こんな感じね！」

「って、どこまでベタなのよ!?」

思わずツッコんでしまった。ああ、我慢していたのに!!

だがマリエッタさんは私の反応に不満だったようで、即座に反論してきた。

「どこがよ!?　ヒロインの優しさに想いを寄せる男たちは彼女が一途に王子を想う姿に身を引くと

か最高じゃないの!!　それに魔王の暗い過去っていうのはお約束もお約束、どこが悪いってのよ!!」

わあ、相容れないわあ！　彼女の力説を聞きながら、私はげんなりする。

っていうか、ストーリー展開自体はどうでもいいんだよ。

いや、読者的にはどうでもよくはないんだろうけど……ただまあ、私が言いたいのはそういうことじゃなくてさ。

「じゃあ、まあそれは好みってことでハイ終了。じゃあこれから書くんだか知らないけど、とにかく次の小説には『ヒロインが魔王の情報を知る冒険者に会いに行く』って書いて。で、そこには『かつて悪役令嬢だったイザベラ＝ルティエの姿があった』ってしてもらえると嬉しい」

あちらがどういうつもりかはまったくわからないけれど、囮《おとり》になってあげようじゃないの。

そうよ、私とイザベラが囮だなんて、なんて贅沢なんだろうね！

一応、魔王っぽいのもいるし超豪華メンバーだと思うんですけど。

……魔王じゃないよね？　いや、まさかね？

思わず父さんに視線を向ければ、よくわからないがにっこりと笑顔を返されたのだ。

（よし、深く考えるのは止めよう）

考えたってしょうがない！　たとえ魔王だったとしても、とりあえず問題はないはずだし。

それよりも、こんなありきたりな方法で釣れるかどうかではある。

でもやらないよりはやった方がいいだろうと主張する私の言葉は、案外みんなに受け入れられた。

正直、私が勝手に言い出したことなのでイザベラからしてみれば何を勝手にって思われてもおかしくはないんだけど、可愛いうちの妹はにっこり笑って「良い案ですわ！」って一番最初に賛成してくれた。

可愛いかよ……可愛いかよ！

大事なことっていうかもはや世界の真理!!

対するマリエッタさんは、私の方を珍獣でも見るかのような目を向けてきた。失礼な！

「貴女……頭がおかしいのではなくて？　自分から危険なことをするだなんて」

「あわよくば接触してくるか私たちを尾行してくる連中を見つけられるかもしれないじゃない。それに、私こう見えて強いのよ？」

にやりと笑って見せれば、マリエッタさんが不快だと言わんばかりに顔を歪める。

彼女はそのままの表情で、とりあえず私の案に賛同すること、三巻はまだ原稿を書いている途中なので私の提案内容を書き加えることを約束してくれた。

それに関しては約束を違えていないと証明するために、アリエッタさんに完成稿を読ませると約束までしてくれた。

おお……実はいい人？

そんな風に感心していると、マリエッタさんが口を尖らせて言った。

「も、物語が原因で妖精族たちに恨まれでもしたら、わたくし困りますもの」

気持ちは分かるが、それを言葉にしてはならない。

多分、彼女はこの後、女王様からお説教されるだろうなあ。

(悪い子じゃないんだろうけど、ちょっと思慮ってモンが足りないタイプなんだろうね)

女王様がすんごい目つきで見てますよー、とは怖くて言えませんでした。

イザベラも、他のみんなも気がついているんだろうけど我関せずだ。

「言っておきますけど、それを書き加えることによって貴女たちが何かしら被害を受けようとわたくしは責任をとりませんからね！　やれって言われたから協力するだけなんだから！　お兄様のためなのだから!!」

「ハイハイ、それでいいですよー」

「ええ、構いませんわ」

「怪我などさせるはずがない、私がついているのだからね」

自信満々に答えたら、妹と父親まで自信満々に答えるとか……仲良し親子か我ら！

いや、仲良し親子だね、うん。まだひよっこ家族だけど。

「マリエッタ、いい加減になさい。アルマさんはジュエル級冒険者。たとえ我らが王族であろうと、頭《こうべ》を垂れる理由がなくば己の自由を貫けるお立場なのです。お前よりも、ずっと高みにおられる方なのですよ」

女王様が呆れたように窘《たしな》めれば、マリエッタさんが呆然としている。

彼女は今回、一体全体、何回驚いたんだろう。

まず、最愛の兄が恋人を連れ帰ったことでしょ。

それから追放された悪役令嬢が目の前にいたことでしょ、次は物語の展開が違ったことでしょ、
更に自分が書いた小説によって知らないところで被害を受ける妖精族がいた事実でしょ……。

そして私が、王族である自分に匹敵するジュエル級冒険者って事実ときたもんだ。

いやあ、事実は小説より奇なりってね！

あれ、私ってば上手いこと言ったな！　声に出さなかったけど。

ふふん、まあいいさ！

こういうのは心の中でドヤっておくものです。

ほら、私ってば前世では奥ゆかしい日本人でしたから!!

エピローグ

マリエッタさんに約束をしてもらったことで、フォルカスの帰省は終わった扱いになった。

まあ元々、久しぶりに故郷に顔を出したってだけだからね、表も裏も関係なく。

ただまあ、内容が若干濃かっただけで。

だから顔を出した後のフォルカスは、再び冒険者として旅立つ……そういうことになっている。

なっているっていうか、まあ、本来そういう立場なんだけどね！

「フォルカス、いつでも帰ってらっしゃい。お前の実家は、ここなのですから」

旅立つ日、女王様がお忍びで見送りに来てくださった。

護衛の人たちは離れたところで、こちらを見守っている。

うんうん、これが正しいお忍びスタイルだよね……。

私が変なところを感心している中、フォルカスは女王陛下に向かってただ小さくお辞儀をしただけだ。少し他人行儀な気もしたけれど、私たちの手前、照れているのだということはもうみんな知っている。お母さんの前だといくらカッコ付けたって無駄だから余計に黙っちゃうんだよね！

まあ普段は私たちのフォローをしたり知恵を出してくれているポジションにいるフォルカスのそんな姿は新鮮ですので、多いに結構!!

ちなみに、他の弟妹たちは見送りに来ていない。

女王様は彼らにトラブルをこれ以上起こさないよう、待機を申しつけて来たんだそうだ。

いやあさすが女王様、わかってらっしゃる。

「ただ、もし、受け取っていただけるのであればこれを……」

でもそんな中でものすごく申し訳なさそうな表情をした女王様が差し出したのは二通の手紙。

一通はイザベラ宛で、もう一通は私宛だった。

「イザベラ嬢にはアレッサンドロから、アルマ嬢にはマリエッタから手紙を預かってきたのです。勿論、断っていただいても、破棄していただいても構いません」

「……だって。どうする?」

差し出された手紙を見て、私は隣に立つイザベラを見る。

綺麗な紫色の目を少しだけ困ったように細めてから、イザベラは女王様に失礼にならない程度に小さくため息を吐いて、答えてくれた。

「一応、受け取らせていただきましょうか……ここまでお持ちくださった女王陛下の御為にも。ただ、失礼かと思いますが御前で内容を確認させていただければと思います」

「ええ、それは勿論。ありがとう、イザベラ嬢」

ホッとした様子の女王様を見て、やっぱり母親なんだなあと思わずにいられない。

手紙の差出人である二人が私たちに対して失礼な振る舞いをしたことは重々承知の上で、それでも、手紙だけでもと請われて断り切れなかったんだろう。

女王としては冷徹になれても、やはり母親としては子供に甘いってやつだねえ。

(そういうの、別に嫌いじゃないから女王様に対して思うところはないけど)

女王様の後ろでフォルカスが苦虫を噛み潰したような顔をしている方が気になるよ！

長男としての責任感なのか、女王様を情けないと思っているのか、それとも私を案じてのことなのか……後でこれはフォローしておいた方がいいのかな？

そんな風に考える私の横で、イザベラが手紙の封を切ったかと思うと笑顔で真っ二つに裂いた。

ビリィィィって結構いい音がその場に響く。

思わず、その音に全員が注目した。

「イ……イザベラ……？」

「女王陛下、大変失礼いたしました。殿下には過分なるお言葉を賜り誠に光栄に存じますが、お断りをさせていただきますとお伝えくださいませ」

「そ、そうですか」

「手紙はこちらで責任を持って処分させていただきます」

「いえ、ええ、その心配はしていないから……」

何が書いてあったのか！

アレッサンドロくんのことなので、きっと口説くような内容の手紙と共に、私と一緒にいるよりも自分といた方が安全だとかなんとか書いてたんじゃなかろうか。

内容についても気になるけど、とりあえず後でご機嫌が直るように楽しいところに連れて行ってあげようかな。

「……アルマ嬢は」

「私は後で見るんでいいですよ、お気になさらず」

多分、マリエッタさんからじゃあ碌なこと書いてないってわかってるからな！

女王様にこれ以上、要らない心配からストレスを与えてはいけない気がする。

ほら、なんたって恋人の母親ですから。

その辺、私だって気遣いの一つや二つしますとも！

女王様はやはりお忙しい身なので、そこでお別れした。

王都を出て、各国へと繋がる街道の分かれ道の端に私たちは馬車を寄せ、言葉を交わす。

「そんじゃ、気をつけてね」

「ああ。アルマもな」

「ディルも途中寄り道なんてしないでとっとと片付けてきてよね」

「あーあ、帰りたくねえなあ！」

私たちは、それぞれ別の道を行くことに決めた。

フォルカスは、これから家族に内緒で黒竜帝の元に行く予定だ。

本来、あの山には結界が張られている。聖域と人が呼ぶそれは、黒竜帝の縄張りを守るためのものなんだけど……まあとにかくそのせいで普通の人間では転移魔法なんて使っても行けないらしいんだけど……そこはうちの父さんが〝オトモダチ特権〟で連絡をとってくれて解決だ。

なんで家族に内緒なのかって？

弟妹たちにこのことが知れると、特にマリエッタさんが知ったら面倒になるのが目に見えているし、女王様には弟妹たちの教育に全力を注いでほしいからだそうだ。

「ま、ちょっとの間の別れだけど」

「おう、そうだな」

「次に会う時には成果をもたらすと約束しよう」

私は彼らと拳を軽くぶつけあった。

どうせまた後で合流するんだから、無事にいってらっしゃいの意を込めて。

「じゃあエドウィンくんによろしくね」

「おう、ちゃんとイザベラからの手紙も渡すから安心しろよ。……もしかしたらヴァネッサの婚約者にでもなってるかもな」

ククッと喉を鳴らして笑うディルムッドは、カルライラ領に一度戻る。

戻って、この件で小説に出てきた『王子の側近』とやらがエドウィンくんであることを前提に、彼や幽閉生活中の王子に接触するものに気をつけてくれとライリー様を通じて警告するためだ。

（勿論、エミリアさんの安否だって気になるしね）

彼女は辺境地での聖女活動に嫌気がさしているかもしれないし、そうだとしたら自由にしてやるとかそういう甘言に乗っかってしまう可能性だってある。

それならそれで自業自得だと思うけど、どうにもきな臭い件に突っ込んでいくのは一応止めてあげたいというイザベラの意見に私たちも同意した感じだ。

手をひらりと振ったかと思うと、馬を走らせて去って行ったディルムッドを見送って、続いてフォルカスが転移の魔法陣を完成させる。

「アルマ、……くれぐれも無茶はするな」

「心配性だなあ、大丈夫だよ。父さんもイザベラもいるし、家族旅行のついでにソロニア商会見物行ってくるからさ！」

「……ああ」

そして私たちは囮役でもあるので堂々と観光をして回るというわけである！

まあ、一応父さんの知り合いに情報を聞きに行くのも含め、どうせだったら世界でも有名なソロニア商会の拠点を見に行ってやろうじゃないかということで落ち着いたのだ！

決して私が楽しみたいからではない。

ちょっぴり珍しい香辛料があったらいいなとか思ってない。思ってないったら。

下手にその考えを口に出したら父さんがひょっこりどっからか持ってきて馬車に積み込んできそうで怖いからな！　お料理の幅が広がるから嬉しいけどさあ……。

まあそんなこんなで私たちは別行動を決めた、それだけの話。

後々、ソロニア商会の拠点がある砂漠の国のオアシスで落ち合う予定なので、寂しいなーとかそういう感覚もない。

「砂漠の国かあ、久しぶりだなあ」

「わたくしは、初めてですわ……ドキドキいたします！」

フォルカスが転移したのを見送って、私たちも出発する。

日差しも強くなることを考えて、途中でイザベラの服を買い足さないといけないかも知れないなあと思っていると、後ろの荷台から父さんが顔を覗かせた。

「そうそう、アルマ。手紙を読まなくていいのかね？」

「え？　ああ……忘れてた。父さん、御者代わって」

「かまわんよ」

女王様には後で見るって言っておきながら、父さんに言われるまですっかり忘れてたわ。

そう思いながら封筒を開ければ、なかなか綺麗な文字がそこには並んでいる。

まあ、予想通りといえばそうなんだけど、決して旅の安全を祈るような内容ではなかった。

その上、悪役令嬢を拾って助けても結局、悪役令嬢は悪役令嬢でしかないんだ……なんて書いてあって呆れてしまったよ。

(別にいいじゃない、悪役令嬢)

割と漫画の中じゃあ真っ当なことしか言ってなかったわけだしね！

とはいえ、私が知るのは漫画版の一幕だけなので、マリエッタさんが知っている内容とはまた違うんだろう。もしかしたら彼女はヒロイン側に感情移入するタイプの人で、だから些細なことで責める悪役令嬢は憎むべき敵役でしかないのかもしれない。

とはいえ、現実と物語《ストーリー》は違うものだと今回の件で学んでくれていればいいんだけど。

あまり親しくお付き合いしたい人ではないけど、フォルカスの妹だと思えば不幸になってほしいとも思わないし？

(あー、でも彼女からしてみたら最愛の兄を奪われたんだから、私が不幸の元凶か！)

そう思うと苦笑が漏れた。

イザベラが、不思議そうな顔をして私を見る。

「姉様、どうかなさいまして？」

「んーん。うちの妹は可愛いねえ！」

マリエッタさんの手紙には、悪役令嬢はなるべくして不幸になったんだから今後もきっとそうだ……なんて書いてあったんだけどさ。

私は手を伸ばして、イザベラの頭をそっと撫でた。

嬉しそうに微笑むこの子の姿を見たら、そんなのどうでもいいって思うわけ。

悪役令嬢だ悪役令嬢だなんて言うけれど、イザベラはもう私の妹なのだ。

なら、姉である私が全身全霊をもって守ってあげて、可愛がるのは当然でしょう。

「ほんじゃあまあ、悪役令嬢ご一行様ってことでいっちょやったりますか！」

手始めに、目を丸くして笑ったこの子が見たこともない世界を一緒に楽しもうじゃないか！

あとがき

こんにちは、作者の玉響なつめです。

この度は『悪役令嬢、拾いました！』二巻をお手にとっていただき誠にありがとうございます。

二巻ですよ、二巻！

お待たせいたしました、そして楽しんでいただけたでしょうか？

今回もアルマは相変わらず妹可愛いで好き勝手やってるし、イザベラは可愛いしですが、そんな彼女たちを取り巻く不穏な空気とそれを凌駕する彼女たちのマイペースっぷりが詰まった二巻になったかなと思っております。

明かされたアルマ姉さんの秘密、それから恋の行方なんかも楽しんでいただけたら嬉しいです！

新キャラも続々登場で、オリアクスはなかなかお気に入りのキャラです。

読者のみなさまにも愛していただけたら作者としては嬉しいですがいかがだったでしょうか？

それから安定のイザベラちゃんに関しても、以前の貴族令嬢としての彼女に比べると随分と感情豊かに成長したと思います。

美味しいご飯とほどほどの冒険、やりたいことをやっていく！

そんな彼女たちですがそれなりに事件に巻き込まれつつ今後もきっとマイペースに乗り越えていく……そんな安心感たっぷりでお届けです。

フォルカスとアルマの恋愛もぐっと距離が近づいてそちらも同時に楽しんでいただけたら幸いです。彼らのそんな日々をこれからもみなさまにお届け出来たら良いなと思っております。

つらつらと書き連ねましたが、本書の制作にご協力くださったみなさまへ。

みなさま、ありがとうございました！

特に編集様には（今回も）大変ご迷惑をお掛けしました！

それからイラストを担当してくださった、あかつき聖さま。

綺麗なイラストの数々や表紙、今回もありがとうございます！　眼福です。

そして、この本を手に取ってくださった読者さまへ。

この後書きまでご覧いただき、誠にありがとうございます。

物語をこれからも楽しんでいただけるよう、頑張ります！

ご意見・感想、応援のファンレターなどお待ちしております。


それでは、またいずれどこかでお会いできることを願って。

玉響なつめ

『悪役令嬢、拾いました！～』
2巻をお手に取って下さり
ありがとうございました～～！！

1巻に引き続き、また挿絵担当させて
いただけてとても嬉しいです！

オリアクスなんて言う素敵イケおじが
出てきて、たくさん描けて
とっても楽しかったです！

それではまたお会い出来る事を祈って。

あかつき聖。

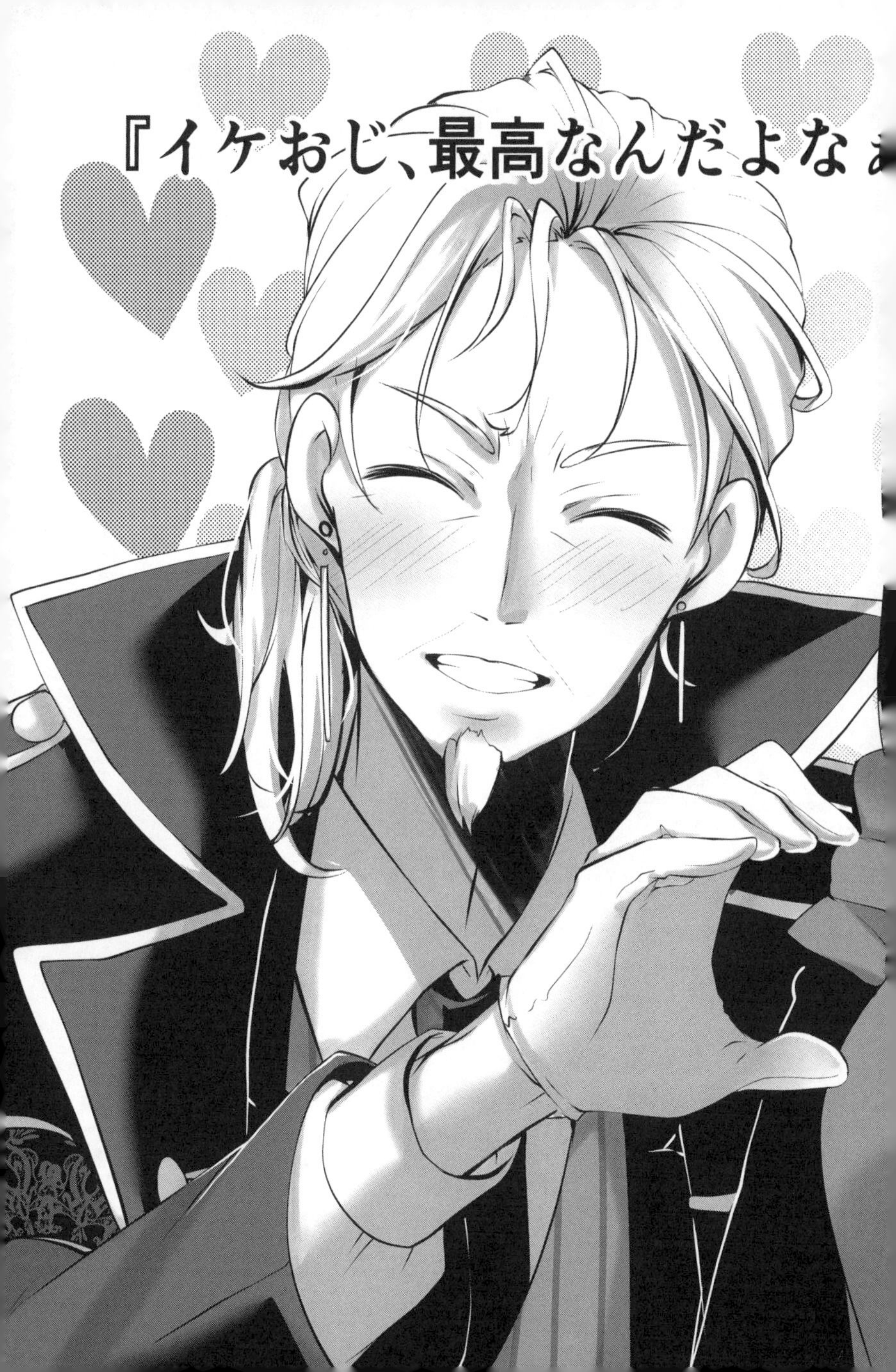
『イケおじ、最高なんだよな

ルルナ刊行中!!
オススメ作品
ますます目が離せんな
ルナの相棒の獣人族の青年。おっちょこちょいな彼女をサポート＆護衛してくれる頼もしい味方。
老若男女楽しめる作品を、
今後も続々と刊行予定!!
EARTH STAR NOVEL

アース・スターノベ
Luna
はじめまして、ルナです！未熟者ですがこれからもどんどんオススメ作品をご紹介していきます！
ルナマークが目印だよ！
『異世界新聞社エッダ』に勤める新米記者。あらゆる世界に通じているゲートをくぐり、各地から面白いモノ・本などを集めている。

EARTH STAR NOVEL

悪役令嬢、拾いました！しかも可愛いので、妹として大事にしたいと思います ②

発行 ―――― 2021年12月15日　初版第1刷発行

著者 ―――― 玉響なつめ

イラストレーター ―――― あかつき聖

装丁デザイン ―――― 村田慧太朗（VOLARE inc.）

発行者 ―――― 幕内和博

編集 ―――― 筒井さやか

発行所 ―――― 株式会社アース・スター エンターテイメント
〒141-0021　東京都品川区上大崎 3-1-1
目黒セントラルスクエア　7F
TEL：03-5561-7630
FAX：03-5561-7632
https://www.es-novel.jp/

印刷・製本 ―――― 中央精版印刷株式会社

ISBN 978-4-8030-1596-6